LA LIGNÉE DES DRAGONS

TOME 3

L'ÉPOQUE SOMBRE

STÉPHAN BILODEAU, DANY HUDON

ET

ELISE SIROIS-PARADIS

Copyright © 2010 Stéphan Bilodeau, Dany Hudon et Elise Sirois-Paradis
Copyright © 2010 Éditions AdA Inc.
Tous droits réservés. Aucune partie de ce livre ne peut être reproduite sous
quelque forme que ce soit sans la permission écrite de l'éditeur, sauf dans le cas
d'une critique littéraire.

Éditeur : François Doucet
Révision linguistique : Carine Paradis
Correction d'épreuves : Nancy Coulombe, Carine Paradis
Design de la couverture : Matthieu Fortin
Graphisme et mise en pages : Matthieu Fortin
Images de la couverture et de l'intérieur : Mylène Villeneuve
ISBN 978-2-89667-077-2
Première impression : 2010
Dépôt légal : 2010
Bibliothèque et Archives nationales du Québec
Bibliothèque Nationale du Canada

Éditions AdA Inc.
1385, boul. Lionel-Boulet
Varennes, Québec, Canada, J3X 1P7
Téléphone : 450-929-0296
Télécopieur : 450-929-0220
www.ada-inc.com
info@ada-inc.com

Diffusion
Canada :   Éditions AdA Inc.
France :   D.G. Diffusion
                Z.I. des Bogues
                31750 Escalquens — France
                Téléphone : 05-61-00-09-99
Suisse :   Transat — 23.42.77.40
Belgique :   D.G. Diffusion — 05-61-00-09-99

Imprimé au Canada

Participation de la SODEC.   SODEC
Nous reconnaissons l'aide financière du gouvernement du Canada par l'entre-
mise du Programme d'aide au développement de l'industrie de l'édition
(PADIÉ) pour nos activités d'édition.
Gouvernement du Québec — Programme de crédit d'impôt pour l'édition de
livres — Gestion SODEC.

**Catalogage avant publication de Bibliothèque et Archives nationales du
Québec et Bibliothèque et Archives Canada**

Bilodeau, Stéphan, 1967-

    La lignée des dragons

    Sommaire: t. 1. À la recherche du dragon d'or -- t. 2. La conspiration -- t. 3.
L'époque sombre.
    Pour enfants de 8 ans et plus.

    ISBN 978-2-89565-954-9 (v. 1)
    ISBN 978-2-89667-028-4 (v. 2)
    ISBN 978-2-89667-077-2 (v. 3)

    I. Hudon, Dany, 1991- . II. Sirois-Paradis, Élise. III. Titre. IV. Titre: À la
recherche du dragon d'or. V. Titre: La conspiration. VI. Titre: L'époque sombre.

PS6803.I465L53 2009   jC843'.6   C2009-941922-X
PS9603.I465L53 2009

Nous tenons à remercier tous ceux qui ont participé de près ou de loin à cette merveilleuse aventure.

Un merci particulier à tous nos testeurs : Françoise Cuerrier, Dominic Turcotte, Jessyca Bilodeau, Bianca Bilodeau, Michel Giroux, Chantal Lambert, Claudie Mailloux, Raphaël Néron, Carol-Ann Pouliot, André Hudon, Bernice Gervais, Jérémie Guérin, Vicky Auclair, Félicia Dussault, Nathan Harvey, Rick Ouellet, Ambre Erouart, Antoine Leclerc, Jordan Ouellette, Sébastien Thomas Claude Mompéo, Antoine Pelletier, Laurie Roy, Rémi Gagné, Amélie St-Pierre, Vincent Leclerc, Julien Trekker, Alexandre Larouche, Frederick Tremblay et Martin Charbonneau.

Un remerciement particulier à notre remarquable dessinatrice, Mylène Villeneuve.

N'hésitez pas à venir jaser avec nous à l'adresse suivante :

www.SeriesFantastiques.com

TABLE DES MATIÈRES

PRÉAMBULE

Toutes ces allées et venues dans le temps…
Je ne m'y retrouve plus… D'accord, je n'en
ai fait que deux, mais c'est amplement
suffisant. Lorsque je me regarde dans le
miroir, j'ai l'étrange impression de voir
quelqu'un d'autre, tout en n'ayant aucune
difficulté à me reconnaître.

J'ai vieilli… Que ce soit mentalement
ou physiquement, j'ai changé… Je ne suis

plus la même Adria qu'il y a un an…
Non… seulement trois mois… Non… Je ne
sais plus… J'ai vécu tellement de choses
en ce qu'on me dit n'être que quelques
secondes ici… C'est là que je suis perdue…

Comment ai-je pu, en moins d'un instant, me retrouver dans l'ère médiévale,
rencontrer un bel elfe vantard et un gros
nain renfrogné, être chargée d'une importante quête par un roi, subir des rêves
étranges, enquêter chez les elfes, visiter les
montagnes du nord, me battre contre un
yéti, parlementer avec les minotaures,
trouver le grand Dragon d'or et finalement
revenir chez moi ? Pour moi qui fus là-
bas, quelle part de ma vie dois-je y voir ?
Quelques insignifiantes secondes ou alors
la quête d'une existence ? Mon frère me
doit la vie à cause de ces infimes unités
temporelles… N'est-ce pas là une raixson
suffisante pour y voir… quelque chose ?

Et la deuxième fois ? Lorsque je suis
allée soigner Sir dans le passé… J'ai dû
subir le choc de la mort du roi, arracher

littéralement l'elfe de sa tombe, explorer la ville de pierre, regarder un de mes compagnons mourir sous mes yeux, retourner voir DragOR, négocier avec les griffons, traverser un océan, passer près de me faire tuer par des ninjas assassins, m'entraîner avec un noble samouraï, passer près de me faire bouffer par des bestioles cannibales, combattre un dragon noir et finalement ramener Sir avec moi au dôme. Il me semble que considérer autant d'expériences en une minuscule parcelle temporelle est exagéré, non ?

Qui suis-je ? Adria, la descendante des dragons qui grandit sous un dôme dans une époque stérile et polluée ? Ou alors Adria Nadorg, qui parla au dragon et sauva le monde des hommes, des nains et des elfes lors d'une sécheresse et ensuite lors d'une crue ?

La réponse s'offre probablement à moi dans le reflet du miroir, quand je vois mes traits forgés par les épreuves subies… Ma vraie vie, je l'ai vécue quelque part au temps des rois et des épées. De la magie et des dragons. Des nains et… des elfes.

Le temps… Quel concept étrange tout de même. Jouez dans ses méandres et vous vous y perdrez. En un dixième de minute, j'ai vécu des mois. J'ai complètement été décalée par rapport à l'époque qui m'a vue naître. Je ne suis plus chez moi nulle part. Il est trop tard pour revenir en arrière.

Qui suis-je? Je me le demande encore.

Sir, toi, le sais-tu?

CHAPITRE 1
LE VOYAGE

CELA FAIT QUELQUES SEMAINES QUE JE SUIS DE retour dans l'appartement que j'occupe avec mon frère et Sir. Depuis mon retour, je ne sais pas trop pourquoi, mais je les évite. Pour une raison que j'ignore, leur présence me met mal à l'aise. Quelque chose me pousse à m'éloigner d'eux.

Je passe donc mes journées dans ma chambre à me préparer mentalement pour

le voyage. Je ne connais vraiment rien de cette époque. À l'école, dès le premier cours à ce sujet, j'avais été complètement traumatisée par les abominations qui avaient été perpétrées lors de ces jours noirs, autant à l'environnement qu'aux humains mêmes. Les modifications et les prothèses biocybernétiques étaient peut-être d'ingénieuses manières d'augmenter le potentiel humain, mais les utilisations qui en avaient résulté m'horrifiaient. Juste le fait de vouloir se payer de telles prothèses pouvait mener à des actes horribles, car en avoir, ne serait-ce qu'une seule, était synonyme de pouvoir. La dépravation de l'époque en était une conséquence directe. Pour éviter qu'un tel siècle ne se reproduise, la biocybernétique est désormais interdite, excepté dans les cas de blessures graves.

Préférant vivre dans l'ignorance par rapport à ces monstruosités, je m'étais alors arrangée pour sécher les cours. Résultat, aujourd'hui je dois me taper des dizaines de bouquins relatifs à ces abominations.

Mais étrangement, cela me trouble moins qu'avant. Il n'y a pas si longtemps pourtant, le simple fait de voir une photo de cette époque chez Della et Ébrisucto m'avait fait détourner le regard et trembler de la tête aux pieds.

Au milieu d'un paragraphe sur les mentalités spirituelles quasiment inexistantes des années 3000, je porte ma tasse d'assmolite à mes lèvres pour me rendre compte qu'elle est vide. Quand je suis allée la voir, Della m'en a donné un gros contenant à saveur de cerise, mon parfum préféré ! Il doit en rester dans la cuisine. Je pousse un soupir, balance mon livre au picd de mon lit et me lève. Les pensées floues, je sors de ma chambre et me dirige vers la cuisine.

Des fois, je me dis qu'avoir un robot serait bien pratique. Je l'aurais bien envoyé me chercher une autre tasse…

— Bonjour la sœurette !

Je jette un vague coup d'œil à mon frère qui est dans un coin du salon.

— Bon…

Je suis tellement surprise que mon mouvement de recul m'amène à me plaquer au mur.

— Ir… Ir… Iref? demandai-je sous le choc.

— Ben quoi? me lance-t-il en riant à moitié de ma réaction. On ne reconnaît plus son grand frère? Tu n'aimes pas ma coupe peut-être?

Il dépose le fusil à rayon qu'il était en train de nettoyer sur la table basse, se lève du fauteuil qu'il occupait et s'approche de moi.

— Tes… Tes cheveux… Tes yeux… Qu'est-ce que…

— Ah… Je me disais aussi que c'est ce qui t'a frappée… Ne me dis quand même pas que tu avais oublié qu'Iref le blond aux yeux bleus, c'était de la teinture et des verres de contact…

Mon frère se passe les doigts dans sa tignasse rouge, coupée court sur les côtés et sculptée en d'épais pics au centre. Ses yeux aux iris également couleur de sang me fixent avec amusement. Effectivement, j'avais complètement oublié la véritable apparence de mon frère.

Lorsque j'avais environ cinq ans en âge humain, mon oncle Damien a voulu tester mon courage et m'a raconté d'horribles histoires sur un démon qui possédait ses victimes et les faisait étrangler à main nues par les membres de leur famille. Comme si ce n'était pas suffisant pour m'effrayer, il a rajouté que lorsqu'on était possédé par ce monstre, nos cheveux et nos yeux viraient au rouge… J'avais beau avoir connu mon frère ainsi toute ma vie, du jour au lendemain, je me suis mise à le fuir de toutes mes forces, me réfugiant dans les jupes de ma mère dès qu'il était dans la même pièce que moi. Mon oncle s'est fait sévèrement réprimander par mon père, et pour pouvoir de nouveau m'approcher, mon frère s'est vu forcé de teindre ses cheveux et de cacher ses yeux derrière des lentilles.

Puisque pour les dragons aux couleurs voyantes, c'était une pratique courante, il avait continué de le faire sans vraiment y songer. De toute façon, il savait qu'afficher clairement notre appartenance aux descendants des dragons me mettait mal à l'aise. Je n'avais jamais approuvé son choix de se faire tatouer son dragon directement sur sa joue et son cou. Moi, je préférais me fondre au milieu des humains.

— Dois-je aussi te rappeler, chère petite sœur, que ces cheveux noirs ne sont pas les tiens ?

Il prend une de mes mèches qui dépasse et la remet derrière mon oreille. Encore une fois, comme je n'arrive pas à l'expliquer depuis quelque temps, être près de lui m'est inconfortable et j'ai seulement envie de partir, mais je suis curieuse :

— Pourquoi ce soudain retour à ta couleur naturelle, frérot ?

— Pour le voyage, bien sûr ! Ceux qui osaient mettre le nez dehors en ce temps-là étaient des durs qui s'affichaient de loin pour prouver qu'ils n'avaient pas peur. Cette couleur était plutôt à la mode… Et pour les yeux, tu me connais, c'est tout ou rien! Alors, si je retrouve mes vrais cheveux, mes yeux suivent!

— Tu… Tu viens avec nous?

— Della ne t'en a pas parlé? Effectivement, je vous accompagne! Sir aussi, d'ailleurs… Toi et les deux siamois, vous avez fait un bel exposé au Conseil. Comme quoi il faut retourner au début du 4e millénaire parce que c'est à cette époque que le docteur Treth a inventé le Damitol, produit hautement dangereux qui fut à la base de nombreuses armes chimiques, et que c'est ce produit qui scella le destin du monde en finissant de polluer ce qu'il restait de pur sur Terre. Ce qui mena à la fin du monde, la révélation des pouvoirs des héritiers, la construction du dôme, etc, etc; je ne t'apprends rien. Donc, vous avez fait votre charmant exposé, les conseillers étaient intéressés, mais restaient sceptiques. Vous sortez pour les laisser délibérer, ils penchent de plus en plus pour un refus et vlan! Moi et ton elfe noir entrons en trombe dans la salle et…

— Vous… Mais comment?

La proximité de mon frère m'indispose de plus en plus. Un début de nausée commence à poindre, mais je veux absolument comprendre.

— Écoute… Alors que je fais visiter la ville à Sirendenvel machin chouette, tu disparais avec ton aérostat sans laisser de traces. Je mets le dôme sens dessus dessous pendant cinq jours pour te retrouver, et la première nouvelle que j'ai de toi, c'est que tu as fait une requête officielle au Conseil, accompagnée de deux membres de la famille avec qui je ne t'ai quasiment jamais vu parler… Alors moi et Gugusse Brad, on file au bâtiment principal pour espionner la réunion et…

— Mais… les rencontres du Conseil sont confidentielles! Comment avez-vous fait pour passer la sécurité?

— Allons Dridri… Quand tu menaces un gardien de le rôtir s'il ne te laisse pas passer, crois-moi, il te laisse passer! Je continue? Donc, moi et le pisteur avons écouté votre exposé de l'autre côté d'une porte secondaire ; les jumeaux ont vraiment fait des recherches approfondies, très bons arguments ! Mais je dois dire qu'encore maintenant, j'ai du mal à croire que c'était ton idée, ce voyage. Vraiment… Tu as toujours eu une aversion totale pour cette époque, alors que tu veuilles t'y rendre maintenant… Tu es certaine que tu ne fais pas de fièvre ?

Mi-sérieux, mi-moqueur, il me tâte le front. Je le repousse avec une violence que je ne me connaissais pas envers mon frère. Par tous les dragons ! Qu'est-ce que j'ai ces temps-ci ? Le simple fait d'être près de mon frère me donne des nausées ! Face à ma réaction, il fronce les sourcils.

— Tu es sûre que tu vas bien, Adria ? Depuis ton retour, je ne te reconnais plus…

— Accouche s'il te plaît, je… Je suis juste fatiguée… Je n'ai pas encore récupéré de mon dernier voyage… C'est tout…

— Mouais… Bon, alors on écoutait leurs délibérations derrière la porte, et quand ton copain a vu qu'ils allaient vous refuser le voyage, il a quasiment défoncé la porte — il n'avait pas encore compris qu'ici, les portes s'ouvrent toutes seules quand on veut entrer — pour aller leur faire un discours incroyable sur la chance qu'ils avaient de pouvoir changer les choses, d'avoir quelqu'un comme toi pour les aider, que c'était une occasion en or, et tout ce que tu veux. Finalement, pour qu'ils acceptent, j'ai dû le calmer un peu et proposer qu'on vous accompagne pour augmenter les chances de succès de l'opération. Mais crois-moi : si Oreilles Pointues n'avait pas fait son discours, tu serais présentement bien loin de ton voyage en l'an 3000! Tu devrais le remercier, au lieu de le fuir comme tu le fais présentement. Il ne faudrait pas que tu l'aies ramené du passé pour l'ignorer dans le présent!

— Mais j'ai déjà Della et Ébrisucto avec moi! Pourquoi Sir et toi viendriez-vous? Vous…

Mon estomac ne tient plus. Je me retourne brusquement pour aller aux toilettes, mais mon frère m'attrape vigoureusement par le bras et me tire violemment contre lui. Une fois que je suis collée contre son torse, il m'entoure de ses bras.

— Pourquoi ? Tu ne devines pas, Adria ? Dis-moi… Pourquoi es-tu partie, toi, la première fois ? Et la deuxième ? N'était-ce pas à chaque fois pour protéger quelqu'un ? N'as-tu pas failli mourir à chaque fois également ? L'elfe noir et moi avons tous deux une immense dette envers toi — nous te devons la vie ! De plus, tu as été trans-portée en l'an 500 sous mes yeux, et ce, sans que je puisse faire quoi que ce soit, car la machine ne contenait que tes données et que de toute façon, têtue comme tu étais, tu aurais trouvé un moyen d'y aller quand même. Il y a quelques semaines, tu as disparu alors que je te croyais totalement en sécurité dans ta chambre… As-tu la moindre idée de ce que j'ai pu ressentir dans ces moments? De la peur qui m'a torturé l'âme pendant que je te cherchais, ou pendant les quelques secondes qu'a duré ici ton deuxième voyage? Je ne veux plus jamais vivre ça! Ne plus jamais avoir la crainte de perdre l'être qui m'est le plus cher au monde!

Ce que vient de me dire mon frère me traverse comme une dizaine de flèches. Je sens quelque chose se rompre en moi. Mes nausées retombent instantanément et les larmes me montent aux yeux.

— Iref, je…

Aussitôt, j'ai l'impression que ma tête est traversée par des milliers de fins fils de fer chauffés à blanc. Je pousse un cri, serre les paumes sur mes tempes et tombe sur le sol. Des images rapides et floues s'entrecroisent devant mes yeux et j'ai l'impression d'avoir la peau du cou en feu.

— Adria!

— Adria!

Lorsque j'ouvre les yeux, Sir et Iref sont tous deux penchés sur moi. Je tremble de tous mes membres et arrive à peine à contrôler mes mouvements. Ils me redressent délicatement en position assise et m'appuient contre le mur. Mon corps se calme aussitôt.

— C'était quoi, cette crise? s'inquiète Sir, qui revient visiblement d'une course, un sac de barres repas encore accroché au bras.

— Je... J'ai vu... Des choses... articulai-je.

— Une vision? Tu crois avoir eu une vision? demande mon frère avec intérêt.

— Sais pas... Pas bien vu...

— Adria est médium? Depuis quand? interroge Sir en me regardant toujours avec angoisse.

— Heu... Comment dire... Chez les dragons des quatre éléments, certaines aptitudes sont considérées comme innées. Ceux de terre sont reconnus pour leur force, ceux de feu pour leurs qualités de combattants, ceux de l'eau ont des pouvoirs de guérison, et chez ceux de l'air, c'est très souvent des dons de voyance. En fait, nos parents disent que si elle s'est souvenue de son passé en rêve lors de son premier voyage dans le temps, c'est grâce à ses pouvoirs de dragon d'air. Mais ça reste une supposition… Concrètement, ce serait sa première vision. Préfères-tu que j'appelle un médecin quand même ?

— Non… Ça va mieux… Même beaucoup mieux !

Je regarde mon ami et mon frère et je souris. Pour la première fois depuis belle lurette, leur présence ne m'est pas du tout désagréable. Je me sens même détendue et calme. J'aurais envie de leur sauter au cou ! Mon frère semble se détendre quelque peu.

— Ok, alors… On doit voir Della dans quelques jours après l'entraînement. On lui demandera si pour elle aussi sa première vision a été aussi… douloureuse.

Il y a un silence gêné entre nous.

— Bon… Je vais aller ranger les barres. Il n'en restait plus au boeuf, j'ai dû en prendre au poulet. Quoique pour moi elles ont toutes le même goût bizarre. Enfin… heu…

Sir se dirige vers la cuisine en m'observant toujours du même regard inquiet. Alors qu'Iref va le suivre, je le retiens par le bras. Je veux avoir une dernière réponse.

— Je suis vraiment la personne la plus importante à tes yeux ?

Il sourit et me passe la main dans les cheveux.

— Ben ouais ! Tu es ma p'tite sœur ! Tant que je ne serai pas marié avec des mômes, c'est toi qui auras la permission de me casser le plus les pieds sans que je me fâche trop ! Et tiens, ça te sera peut-être utile…

Il sort de sa poche un petit flacon de produit décolorant qu'il me glisse dans la main, avant de replacer mes cheveux qu'il a ébouriffés.

— Toi aussi tu serais belle avec tes vrais cheveux pour le voyage. À moins que tu aies honte de ce que tu es…

— Je n'ai pas honte ! Je suis fière de ce que je suis ! me défendis-je.

— Prouve-le ! me lance-t-il avec un sourire en se dirigeant vers la cuisine pour aider Sir.

Mise au défi, je me précipite dans la salle de bains pour me laver la tête. Mais lorsque je croise le miroir, je stoppe ma course. Me tâtant le cou, je me demande pourquoi j'ai l'impression qu'il y a quelques minutes à peine, il était en train de fondre…

✳ ✳ ✳ ✳ ✳

Environ une semaine plus tard, je sors de la salle d'entraînement en compagnie d'un Iref furieux et d'un Sir bien piteux.

— Sir, je t'avais expliqué que c'était exactement comme une arbalète : tu n'as qu'à légèrement appuyer sur la gâchette pour attaquer à distance. Autrement dit : ne pointe pas ça n'importe où en jouant avec ! Surtout réglé au maximum !

— Je sais, Adria, je sais… Je… Je suis tellement désolé ! Je n'étais pas capable de m'imaginer que ce petit truc noir sans pointe ou lame puisse vraiment être mortel, alors j'ai… un peu fait le fou. Je croyais que tu me faisais une blague !

Iref rétorque avec colère :

— Très spirituel ! En attendant, ta blague, je ne la ris pas ! Réalises-tu seulement que si ça avait été quelqu'un d'autre, il y aurait laissé sa peau ? Et même pour moi, c'est loin d'être agréable ! Non, mais, tu as vu ?

Énervé, mon frère remonte son chandail et désigne la large brûlure qui lui recouvre le ventre. Ce simple geste lui arrache une grimace.

— Très spirituel ! En attendant, ta blague, je ne la ris pas ! Réalises-tu seulement que si ça avait été quelqu'un d'autre, il y aurait laissé sa peau ? Et même pour moi, c'est loin d'être agréable ! Non, mais, tu as vu ?

— Ça fait un mal de chien ! Et en plus, regarde ! J'en tremble encore ! dit-il en levant sa main frémissante à hauteur d'œil. Je te jure, Sir, si tu n'étais pas le petit copain de ma sœur, je t'aurais transformé en cendre en le temps de le dire!

Cette simple réplique de mon frère me fâche.

— Primo, Sir n'est pas mon petit copain! Et secundo, tu en aurais été incapable! Tu as été figé sur place pendant vingt minutes après la décharge!

— Merci de me le rappeler, la p'tite sœur, c'est très gentil! Aïe! Il faut que je passe chez la mère pour qu'elle m'arrange ça... Je ne pourrais pas essayer convenablement mes vêtements en ayant aussi mal. D'ailleurs, en parlant de ça... Tu ne m'as pas parlé de ton rendez-vous avec Kisma. Qu'est-ce qu'elle te voulait?

Je pousse un soupir et regarde vaguement autour de moi pour tenter de trouver un moyen d'éluder la question. Mais tout ce que mon regard croise, c'est mon reflet dans une vitre. Comme à chaque fois depuis que j'ai retiré la teinture de mes cheveux, mon image me fait tout drôle. Il y avait si longtemps que je n'avais plus ma couleur naturelle : bleu avec des mèches mauve pâle. Franchement, je me suis plus rapidement adaptée au retour des yeux et cheveux rouges de mon frère qu'à ma propre restauration capillaire.

Ça avait aussi fait un choc à Kisma, justement. Ma mère m'avait convoquée pour tenter une énième fois de m'apprendre les techniques de guérison des dragons d'eau, sentant que cela pourrait m'être utile dans une époque aussi dangereuse. Bien que surprise, elle avait été très contente que je consente à revenir à ma véritable apparence. Malheureusement, comme à tous les coups, j'avais horriblement déçu ma génitrice par mes médiocres résultats. Il m'avait fallu plus d'une heure de concentration et d'effort pour soigner une simple coupure de papier ! Kisma, elle, ne mettrait sans doute qu'une petite minute pour soigner la grave brûlure de son fils.

— Pour faire court, frérot, disons que j'ai autant la fibre des guérisseurs que tu as celle des voyants. Mère a encore été très déçue…

Mon frère se radoucit aussitôt :

— Allons Dragma ! Je suis sûr que ce n'était pas si pire que ça ! Tu es la seule de notre famille à posséder deux dragons en elle ! Tu contrôles l'air, l'eau, et à douze ans, tu as réussi à réunir les deux pour faire spontanément de la glace ! On ne peut pas toujours gagner sur tous les tableaux !

— Je sais, je sais… Toi au moins, tu y es arrivé. Il n'y avait qu'à te voir tout à l'heure avec un fusil pour comprendre que toi, tu as réussi dans ton domaine ! Tu explosais les cibles à chaque fois ! Moi, je ne suis ni voyante, ni guérisseuse !

— Tu exagères ! Tu as peut-être eu une vision la semaine dernière, non ? Justement, tu en parleras à Della lors de la… Aïe ! Vous avez vu l'heure ! Si je ne veux pas arriver en retard, je dois aller me faire soigner tout de suite ! On se revoit à quinze heures pour la séance d'essayage !

— Pour la quoi ? demandai-je, surprise.

Mon frère a déjà tourné le coin du couloir. Je me dirige donc vers Sir, qui était resté en retrait, fixant un écran qui affiche les activités de la journée au stade.

— Sir, c'est quoi cette histoire de séance d'essayage ?

Il sursaute un peu et se détourne de l'écran.

— Ben… Il paraît que les vêtements que nous avons commandés pour notre mission sont arrivés. D'après ce que j'ai compris, tu as demandé à Della de s'occuper des tiens. Ce n'est pas le cas ?

— Quoi ? Si c'est ma cousine qui s'occupe de mon costume pour la mission, je redoute le pire !

Lorsque Sir et moi arrivons au rendez-vous, nous sommes un peu en retard. Iref n'avait pas spécifié l'endroit à Sir et je n'étais même pas au courant. Il nous a fallu chercher.

Les trois autres sont déjà présents et habillés. Les jumeaux, au lieu de retourner à leurs couleurs naturelles comme nous, ont préféré garder leurs verres de contact sombres et se sont teints les cheveux en noir. Pour l'époque, ces couleurs sont sans doute plus discrètes que le vert pâle naturel de Della ou le gris d'Ébrisucto. Ce dernier s'est noué un foulard vert foncé autour de la tête. Il porte également une veste en cuir pourvue de nombreuses poches de divers formats qui contiennent toutes, j'en suis sûre, une arme ou un appareil sophistiqué. Des pantalons kaki larges, également couverts de poches, et de vieilles bottes d'armée complètent le tableau.

Mon frère a opté pour un truc plus simple : blouson et pantalons en cuir noir sur gaminet blanc, avec une large ceinture à la boucle élaborée et des bottes de cowboy. Il a aussi sur la tête des lunettes étranges de style aviateur et des gants en cuir noir. Je crois même voir la crosse d'un pistolet dépasser d'une poche intérieure.

Mais je retiens un hoquet de mauvaise surprise devant la tenue de Della. Elle porte

une combinaison en cuir noir outrageuse-
ment moulante et sans manche, pourvue
de deux bandes rouges sur les côtés. Pour
couvrir ses bras, elle a une veste en cuir qui
lui arrive aux côtes, assortie des mêmes
bandes rouges sur les manches. Pour finir,
elle porte deux revolvers sur les hanches
et des bottes à semelles épaisses. Je n'ose
pas imaginer ce qu'elle a demandé pour
moi.

— Tu es en retard, ma chérie! me
lance-t-elle joyeusement. Nous parlions
justement de toi! Ça va? Il paraît que tu
as eu ta première vision? Mes félicitations! Moi, ça ne m'est même pas encore
arrivé, et pourtant, je suis un pur dragon
d'air! C'était comment?

Elle jette un œil sur son poignet, où son
large bracelet laisse entrevoir les contours
d'un tatouage de dragon vert pâle. Puis,
elle me regarde d'un air interrogateur, tout
en poursuivant :

— Iref me disait aussi qu'avant ta
vision, ton comportement était différent,

et qu'après, tu es redevenue toi-même. Comment ça se fait?

— Euh… Aucune idée. Je me sentais mal à l'aise devant eux, puis… C'est comme si je m'étais libérée de quelque chose, et que c'était cela qui avait provoqué ma vision.

Ébrisucto, qui était immobile, accoudé au mur depuis mon arrivée, semble vouloir amorcer un mouvement, mais se retient et regarde sa sœur.

— Drôle d'affaire… C'est peut-être comme le syndrome prémenstruel. Mais là, c'est prévisionnel. Ha, ha, ha! Il paraît aussi que ton ami a grillé ton frère ce matin? J'ai beaucoup ri quand il m'a raconté cette histoire! Mais tu imagines un peu s'il s'était agi d'une arme à feu ou au laser et non d'un pistolet électrique? Ton apollon devrait faire plus attention avec ce genre de jouet!

Pour illustrer, ou plutôt complètement contredire, ses dernières paroles, il retire ses armes de leurs étuis pour les envoyer tournoyer dans les airs, avant de les rattraper aussi sec et de les ranger.

— Allez, zou! Assez parlé! Viens, la cousine, tu vas tout simplement adorer le petit ensemble que je t'ai fait fabriquer!

Je commence à paniquer. Della se jette littéralement sur moi et me traîne dans la pièce voisine. Avant qu'elle ne ferme la porte, j'ai le temps de lancer un regard désespéré aux garçons. Sir qui, comme d'habitude, se sent un peu perdu, ne réagit pas trop, mais mon frère arbore un large sourire qui m'énerve instantanément.

— Heu… Della… Je ne crois pas que je vais… Aïe!

Avant même que je ne finisse ma phrase, ma cousine m'arrache carrément les vêtements du dos pour m'en passer d'autres que je n'ai pas le temps d'identifier. Après m'avoir habillée de force, Della recule d'un pas et m'observe.

— Oh, ma chérie, tu es magnifique! Regarde-toi!

Elle me pousse devant un miroir et me force à me regarder. Je rougis devant mon reflet. J'avais déjà du mal à me reconnaître avec mon changement de tête. Maintenant, j'ai de la difficulté à croire qu'il s'agit vraiment de moi. Je porte une sorte de camisole noire sans bretelle qui s'attache autour du cou ; de ce fait, mes épaules et le haut de mon dos sont complètement exposés, rendant mon tatouage bien visible. Comme Della, j'ai des bandes sur les côtés de mon habit, mais les miennes sont mauve pâle. Comme c'était le cas avec mon armure, j'ai des brassards, mais ceux-ci me montent presque jusqu'aux épaules, sont composés de bandes bleues et sont piqués d'ornements en métal. Le bas de mon costume est composé d pantalons en cuir, retenus par une ceinture avec une boucle bleue, auxquels sont attachées des armes aux cuisses : un couteau à lame dentelée à droite et un petit pistolet à gauche. Je porte aussi des espadrilles noires. J'ai presque honte d'avouer que finalement, je ne me trouve pas si mal dans cette tenue.

— Zut ! Le bas est trop long !

Ma cousine se penche pour ajuster mes pantalons.

— Alors, ma chérie… Tu trouves ça comment ?

— C'est… heu… très… Je… je suis sans voix…

— Bien ! Iref craignait que tu n'aimes pas… Il a baragouiné un truc comme quoi tu n'aimerais pas qu'on voit ton tatouage, parce que tu aurais honte de descendre des dragons.

— Il m'énerve, le frérot ! J'aime qu'on ne me fixe pas quand je vais dans la rue, c'est tout !

Della continue :

— En parlant de lui, ton frère m'a encore sermonné pour ne pas l'avoir prévenu que tu t'étais assoupie chez nous ! Je comprends qu'il ait été très inquiet, mais il ne pourrait pas lâcher le morceau ? C'est déjà une vieille histoire. Si j'avais su que tu allais dormir trois jours d'affilée, je l'aurais prévenu, mais lorsque c'est arrivé, je ne voulais simplement pas qu'on te dérange.

— Il m'a aussi fait la leçon comme quoi j'aurais dû l'appeler à mon réveil… Mais j'ignorais que j'avais dormi si longtemps et j'étais tellement prise par l'idée qui m'était venue…

— Retourner à l'époque malade pour neutraliser le créateur du Damitol. Tu as passé les deux jours restants à en parler avec nous pour trouver un moyen de convaincre le Conseil. Mais sans l'intervention de tes p'tits gars, je crois qu'on n'y serait pas parvenus. Quand j'y pense, c'était peut-être ça, ta première vision. Pendant que tu dormais, tu t'es vue voyager dans les années 3000 pour empêcher la diffusion du Damitol. Je suis jalouse ! Tu es trop puissante, ma chérie !

— Ne dis pas ça à mon frère ! S'il est pris d'un complexe d'infériorité par rapport à moi, il va me taquiner encore plus ! La première fois que je l'ai battu au stade, j'en ai bavé pendant trois semaines !

— Oh, le méchant ! Moi, à sa place, je prendrais bien soin de ma petite sœur.

J'aimerais même beaucoup que toi, tu sois ma sœur. Ce serait tellement plus simple…

— Hein ? Qu'est-ce qui serait plus simple ?

Elle finit d'ajuster mes pantalons et se relève avant de répondre :

— Mais te voir et te gâter, voyons ! Tout ce que j'ai, c'est cet escogriffe d'Ébrisucto ! C'est dur de parler de trucs de filles avec cette carpe solitaire ! En parlant de gâteries, tu as fini l'assmolite à la cerise ? J'en ai au kiwi maintenant si tu en veux.

— Non merci, Della. C'est gentil, mais le contenant que tu m'as déjà donné n'est pas encore vide. Le goût m'est passé et je n'en ai plus bu depuis un moment.

— Je vois…

Elle amorce un mouvement vers mon visage, mais se passe finalement la main dans les cheveux.

— Oh et puis zut ! marmonne-t-elle.

— Qu'est-ce qu'il y a ?

— Hum… J'ai… oublié de demander à ton elfe quel genre de médaillon il voudrait pour le retour. Je le vois mal avec un dragon au cou…

— Ils peuvent ressembler à quoi ?

— Oh… à n'importe quoi ! Dans le fond, ces médaillons ne sont que des pierres radiantes chargées de magie, qui sont activées par la voix. Elles ramènent vers leurs émetteurs — qui restent à l'époque de départ, bien sûr — tout ce qui se trouve dans un certain rayon autour d'elles. On peut les sculpter comme on veut.

— Dans ce cas, pour Sir, tu feras un sifflet.

Je rougis en pensant à celui qu'il m'avait donné en cadeau d'adieu, et qui, plus tard, m'avait permis de le sauver dans le tombeau des elfes.

— D'accord, c'est noté. Assez bavardé maintenant. Viens, on va te montrer aux garçons !

Della s'arrange encore pour me faire faire ce que je ne veux pas faire avant que je n'aie le temps de dire un mot. De retour dans la pièce avec les autres, je jette un coup d'œil à Sir. Il a lui aussi changé de vêtements et porte un long manteau en cuir ténébreux pourvu d'un capuchon qui le couvre entièrement, avec une ceinture, des bottes, et d'autres petits détails rappelant ses anciens habits d'elfe. Il lui fallait bien sûr quelque chose qui puisse le couvrir suffisamment pour cacher ses origines elfiques. J'ai un frisson, et en même temps, mon cœur palpite légèrement. D'un côté, cette tenue fait ressortir ses yeux rouges d'elfe noir et cela me fait un peu peur. Ce qui est peut-être l'effet recherché, étant donné l'époque vers laquelle nous nous dirigeons. Mais d'un autre côté, elle augmente son côté mystérieux, ce qui n'a rien pour me déplaire.

Sir semble lui aussi apprécier ce que je porte.

— Ça te va bien.

— Merci. Tu n'es pas mal toi non plus.

— Ça suffit, les amoureux ! lance Della en riant. Vous vous bécoterez plus tard, d'accord ?

Sir et moi détournons rapidement le regard.

— On est amis, c'est tout ! dis-je avec un pincement au cœur. Et je suis fatiguée de le rectifier à tout bout de champ, d'accord ?

— Vois-tu, comme tu es libre, c'est dommage que tu sois ma sœur, parce que sinon je…

— Les mains dans les poches, Iref ! En effet, elle est ta sœur, alors pas touche ou je te claque si elle ne te refroidit pas les ardeurs avant !

Suite à la réplique de Della, tout le monde, sauf Ébrisucto, se met à rire. Sans que je comprenne vraiment pourquoi, cette poussée d'insouciance me fait office de libération. Je dois être trop sur les nerfs ces derniers temps.

❅ ❅ ❅ ❅ ❅

Trois mois plus tard, nous sommes enfin prêts à partir. Les calculs et l'entraînement se sont bien passés. Sir a toujours du mal avec les armes du futur, mais au moins, il peut tirer sans toucher les innocents qui sont aux alentours. Il reste environ deux heures avant le « lancement ». Nous sommes déjà changés et attendons dans la salle spatio-temporelle. Je suis de plus en plus nerveuse et ne parle pas trop. Mon regard se porte sans cesse vers l'inquiétante machine. Quand j'effectuais le voyage seule, il s'agissait d'un habitacle ne pouvant contenir qu'une personne, le gros de la machinerie étant dessous. Mais maintenant que nous sommes cinq pour le voyage, une imposante machine de dix mètres de haut, couverte de circuits de toutes sortes, de jauges et de panneaux de contrôle, se dresse au centre de la salle. Elle est reliée à cinq habitacles individuels qui en font le tour. Je suis déçue. Faire le voyage du retour avec Sir la dernière fois m'avait quelque peu rassurée et j'avais imaginé que le faire à cinq calmerait mon angoisse. Mais selon Della, nous mettre tous les cinq dans un même gros compartiment entraînait un trop grand risque de fusion moléculaire. Il était donc préférable de nous séparer.

— Tiens.

Sir me fait sursauter. Il me tend un gobelet d'assmolite verte. Il en a lui-même un en main.

— C'est de la part de Della. À la lime, je crois.

— Merci.

Je prends le gobelet d'une main tremblante, renversant un peu de son contenu sur le sol.

— Tu es très pâle… Tu es sûre que ça va ? me demande Sir.

— J'ai toujours ce genre de réaction avant un tel voyage… Mais ce coup-ci, c'est encore pire que d'habitude !

Mes tremblements reprennent de plus belle.

— Calme-toi, ça va bien aller… On peut toujours remettre l'opération à plus tard si tu ne te sens pas assez à l'aise pour l'instant.

En me disant cela, il m'accorde un doux sourire et met sa main libre sur les miennes. Je me calme aussitôt.

— Non. Les calculs, le chargement de la machine, tout a été fait pour aujourd'hui. Et c'est aujourd'hui que nous partirons, décidai-je fermement.

— Voilà la sœurette que je connais ! lance Iref en s'approchant. Tenez, voilà vos médaillons chargés pour le retour et vos masques !

Iref me donne un masque transparent et flexible, fait pour se mouler au bas du visage et pourvu de deux ouvertures noires quadrillées pour la filtration, ainsi que mon médaillon lavande. Il tend un masque semblable à Sir et un petit sifflet. Il porte lui-même son médaillon orné d'un dragon rouge autour du cou.

— Pourquoi les masques ? demande Sir.

— Il se pourrait qu'il y ait des zones fortement polluées où l'air est irrespirable. Alors vaut mieux ne pas courir le risque. Ils sont faits d'un matériau étanche et tellement flexible qu'il se plie parfaitement, regarde.

Mon frère plie le masque de Sir en un tout petit carré, comme si c'était du papier, et le glisse dans une des poches intérieures du manteau de l'elfe. J'en fais de même avec mon propre masque et il va rejoindre le collier neutralisateur de magie ninja dans ma poche. Je ne l'ai jamais essayé, de peur qu'il ne neutralise mes propres pouvoirs, mais je tiens à l'apporter avec moi.

— Adria, les jumeaux m'ont conseillé de mettre mon médaillon sous mon gilet, comme ce n'est pas un type de bijou très courant à l'époque. Tu devrais faire la même chose.

— D'accord.

Il glisse son médaillon sous son gaminet et je fais de même. Sir, lui, le laisse en vue. De toute façon, un sifflet ne présente rien de particulièrement étrange.

— Bon, c'est pas tout, ça, mais la famille veut qu'on lui dise au revoir, au cas où… Enfin…

Quelques instants plus tard, c'est avec beaucoup d'émotion que je serre mes parents dans mes bras. On nous lance des « bonne chance » et les accolades fusent de tous les côtés. Ensuite, un appel retentit dans la salle et nous devons prendre place dans nos compartiments.

Une fois que je suis installée, la porte se referme immédiatement. Le lecteur rétinien et le clavier sortent du mur. Les mains sur le visage, je me calme au moyen de quelques respirations, serre les dents et les poings et engage le protocole de confirmation. Ensuite, je me cale dans mon fauteuil et attends patiemment le décompte du départ.

Trente secondes plus tard, le décompte est lancé. Les yeux clos, je me concentre sur ma respiration pour rester calme. Quand les lumières bleues se mettent à danser devant mes yeux, une sensation étrange me saisit. Je suis soudainement très fatiguée.

Peu à peu, un brouillard noir s'installe dans ma tête…

Iref

Sir

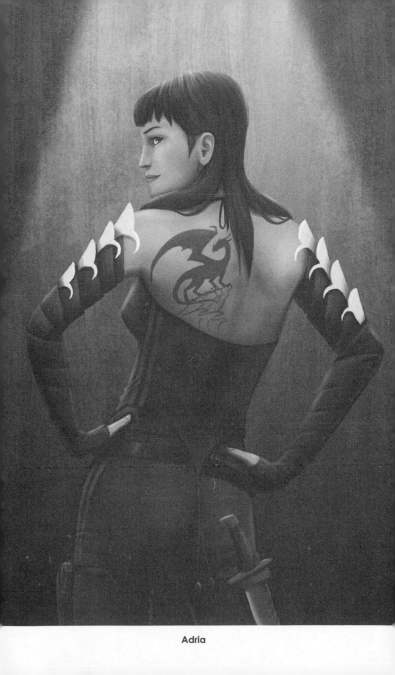

Adria

CHAPITRE 2
L'ACCUEIL

JE ME RÉVEILLE SUITE À UN BRUIT SOURD, légèrement résonnant, comme celui produit par l'ouverture d'une vieille porte rouillée dans un espace clos. Je regarde autour de moi. Confuse, je ne peux m'expliquer l'endroit où je me trouve. Je prends deux grandes respirations pour mettre de l'ordre dans ma tête. Quelques images se bousculent. Je me souviens que nous étions dans l'appareil et le décompte avait commencé. Pourtant, il n'y a aucun doute, nous avons bel et bien été téléportés. Mais où suis-je présentement ?

L'endroit est sombre et humide. Les murs sont construits d'un épais ciment grisâtre laissant paraître les traces jaunâtres du temps. Bien que je ne ressente pas le froid, la brise de mon souffle confirme la basse température des lieux. Le béton, fissuré et imbibé de gouttelettes, laisse soupçonner la présence d'une source d'eau à proximité. Mais où suis-je ? Je croyais que nous devions arriver dans un pâturage, éloigné quelque peu de la civilisation. Ma première impression se pose sur les égouts ou les catacombes d'une ville négligée. Ça expliquerait l'eau et cette odeur de moisissure constante. Mais les grandes poutres d'acier disposées symétriquement me font plutôt pencher pour une cave ou le sous-sol d'un grand édifice. Chose certaine, cet endroit ne date pas d'aujourd'hui.

Étourdie, je n'avais pas remarqué mon environnement immédiat. Je suis couchée sur une structure en métal qui, avec un peu d'imagination, pourrait bien se définir comme un lit. L'un des deux vieux draps dont on m'a pourvue sert de matelas, l'autre de couverture. Près de moi, une petite sculpture en métal est déposée sur une plus grande structure en forme de table. L'artiste en moi ne semble pas se manifester, car c'est de loin la chose la plus laide que j'aie jamais vue. Étant toujours incertaine de la situation, pour l'instant, je ne bouge pas, j'étudie les lieux.

En observant bien, le petit recoin de cette immense pièce ouverte pourrait bien être une chambre. Mais sincèrement, une décoratrice ne serait pas de trop.

Je me concentre de nouveau, essayant de visualiser un petit détail qui m'aurait échappé. Un courant glacé traverse mon corps et je me redresse brusquement. Je viens tout juste de prendre conscience que je suis seule dans ce cauchemar. Où sont mes amis ? La peur m'envahit et je sens que je vais bientôt paniquer. Je me bats présentement avec ma raison pour ne pas m'imaginer le pire. Au même moment, j'entends des craquements provenant du mur ouest. Tout en me camouflant le mieux possible avec cette vieille couverture brune, comme si personne ne pouvait me voir à travers ses immenses trous, je déplace délicatement mon corps vers la gauche afin de visualiser la provenance des pas. À ma grande surprise, j'aperçois Sir et frérot dans leurs lits, sensiblement dotés des mêmes conforts. La grosse poutre d'acier m'empêchait de les apercevoir. Je suis soulagée ; leur présence permet à mon petit cœur de reprendre son rythme normal. Mes deux amis sont réveillés. Assis tous les deux en posture droite, ils regardent fixement en direction de l'ouest. L'étrange sourire qu'ils affichent en chœur me laisse présager que quelqu'un s'en vient. Mais ne devraient-ils pas plutôt être inquiets ?

— Hé les gars ! Il y a quelqu'un qui arrive ?

Je n'obtiens aucune réponse. Mais que diable ! Pourquoi donc ce drôle de sourire ?

Je ne reste pas sans réponse bien long-temps. De l'obscurité surgit une femme humaine dans la vingtaine. Ses cheveux longs, noirs comme la nuit, tombent sur ses épaules musclées et dénudées. Elle a les traits du visage si doux qu'on dirait le travail d'un artiste. Elle est habillée, si on peut appeler cela «un habillement», d'un cuir moulant laissant à découvert ses jambes et son ventre. Sa démarche fémi-nine et ses courbes prononcées ne passent pas inaperçues. Le regard lunatique d'Iref et le sourire artificiel de Sir en sont bien la preuve. Je ne sais pas pourquoi, mais dès son arrivée, je la déteste. Probablement mon sixième sens — ou peut-être pas. En tout cas, soyez assurés qu'elle a raté sa première impression.

Elle marche d'un pas résolu vers Sir. Voyant l'intention de la dame de s'asseoir,

Sir, en guise de courtoisie, se déplace vers la droite sur son lit, laissant sa place bien chaude à l'inconnue vêtue de cuir.

— Mais vous êtes fous les gars ? criai-je fermement. Qui vous dit qu'elle n'est pas dangereuse ?

Suite à mes paroles, Sir reprend aussitôt sa place et perd momentanément son petit sourire imbécile. *Il a finalement retrouvé la raison*, me dis-je. La sculpture en métal que je lui ai lancé à la tête a probablement aidé.

— Bonjour les gars. Comment ça va ? dit-elle d'une voix douce en s'assoyant au pied du lit d'Iref, m'ignorant totalement.

Tiens, le divan en cuir parle ! me dis-je silencieusement.

Me sentant un peu exclue de la conversation, j'accours vers la scène.

Sir essaie de s'exprimer, mais pour la première fois de ma vie, je l'entends bégayer. Je prends donc la parole, en m'assurant bien évidemment de pincer discrètement Sir au passage afin qu'il reprenne ses esprits.

— Nous venons d'ailleurs et nous devons aller ailleurs, répondis-je avec l'intention de sortir le plus rapidement possible d'ici.

— Excuse ma sœurette, ajoute Iref en me regardant d'un air taquin. Elle n'est pas totalement elle-même lorsqu'elle se réveille. Ça lui prend toujours un bout de temps avant de retrouver la politesse. Surtout aujourd'hui, on arrive de loin.

— Bien. Sois la bienvenue, Adria. Moi c'est Chame, et sache que tu es ici chez toi.

Sur ces mots, Chame se déplace vers Iref, me permettant ainsi de m'asseoir. Ce que je fais, mais sur l'autre lit, tout près de Sir.

— Au fait, reprend Chame, vous venez de quelle ville ? Vos habits et votre diction réfléchie me permettent de croire que vous n'êtes pas d'ici.

— Pour dire vrai, répond Iref, nous venons de l'an…

— L'an… l'Anpiki, criai-je fortement pour enterrer la voix d'Iref (qui selon toute

vraisemblance n'a pas compris les réper-
cussions qu'aurait la vérité). Oui, c'est ça,
l'Anpiki; un pays tout au sud.

— C'est donc vrai, il y a bien un pays
au sud où les gens ne sont pas « fichés » ?
Racontez-moi, Adria, je suis impatiente
d'obtenir les détails. Nous qui pensions que
c'était simplement un mythe ! Vous savez,
les ponts et les aéroports sont contrôlés par
les forces centrales, nous sommes consi-
gnés sur cette île depuis près de vingt ans.
Comment avez-vous donc fait pour y
atterrir ?

— Oui, Adria, raconte les détails à la
dame sur Anpiki, lance Iref avec un petit
sourire mesquin. Tous les détails, Adria,
tous les détails.

— Bien… euh, concernant notre arrivée,
nous préférons pour l'instant garder notre
stratagème secret. Mais en ce qui concerne
notre pays, j'avoue que c'est presque
comme ici, sauf qu'on n'est pas « fichés ».

Bien sûr, je ne sais nullement ce que
« fiché » veut dire. Mais je dois me sortir
de cette situation embarrassante.

— Et si vous nous parliez plutôt de ce qui se passe ici ? Comme ça, je pourrais vous donner les trucs que nous faisons de façon différente.

— Bonne idée, Adria, admet Chame.

Je viens de me trouver pas mal brillante.

— Vous savez qu'ici, c'est l'anarchie totale. Depuis que le gouvernement a été aboli, c'est la guerre entre les corporations et les diverses sociétés secrètes pour obtenir le contrôle absolu. Tout commerce est maintenant corrompu. Ils sont prêts à tout pour obtenir du pouvoir, bien au détriment du peuple. Maintenant qu'ils maîtrisent la cybernétique et le cyberespace, c'est beaucoup plus facile pour eux.

— Comment le gouvernement a-t-il été aboli ? demande Iref.

— Il faut dire que notre situation actuelle est directement liée à l'accroissement de l'utilisation de l'ordinateur.

Chame s'arrête un petit instant et reprend :

— Selon les écrits, les années 2000 furent le début de la fin. Si seulement je pouvais retourner à cette époque !

Voilà ce qui risque d'être intéressant, me dis-je silencieusement en regardant mes confrères. Une chance qu'elle ne sait pas que *nous*, nous pouvons y aller. Je m'installe donc plus confortablement, impatiente d'entendre la suite.

— D'après ce que l'on sait, l'an 2000 fut l'ère de la communication et l'arrivée d'Internet — l'ancêtre de NetP — dans les activités quotidiennes. Une invention grandiose, disait-on. En brisant les barrières territoriales, l'homme pouvait enfin accomplir de grandes choses. Le commerce import/export fut largement simplifié et les gens découvrirent de nouvelles cultures, de nouvelles avenues. Imaginez : pour eux, c'était la possibilité de faire le tour du monde virtuellement. L'accès à une multitude d'informations leur permettait de mieux comprendre, d'analyser et surtout de se comparer.

Chame prend une grande respiration. Les gars aussi.

— Si seulement l'homme s'était contenté de cette utilisation. Mais non, l'homme étant un homme, il chercha de nouvelles façons d'utiliser la machine pour se simplifier la vie. Les gens de l'époque s'aperçurent très vite qu'en numérisant et en partageant des informations, la vie devenait plus fascinante et plus facile. Bien sûr, le tout se fit progressivement. Au début, on créa des lieux de rencontres, des forums permettant de se retrouver entre amis, de partager des passions, des souvenirs et bien d'autres intérêts. Ensuite vinrent les informations bancaires. Faire des transactions bancaires sans se déplacer était une révolution en soi. Suivit le dossier médical électronique, et quelques années plus tard, les passe-partout et autres formes de permis. Imaginez! Vers les années 2400, l'homme avait son identité complète sur numérique. Toute sa vie sur NetP. Il ne restait plus aux organisations qu'à trouver le moyen d'avoir accès à l'ensemble de ces informations pour produire un clone de chacun de nous. Un clone virtuel bien sûr, mais comme tout était informatisé, il aurait autant de pouvoir que le vrai nous. Croyez-moi, il ne leur a fallu que peu de temps pour contrer la sécurité qui se disait infranchissable à l'époque. Comme les corporations avaient l'argent, ils engagè-rent les meilleurs pirates informatiques et informaticiens existants. Et une fois qu'ils eurent pris le contrôle des identités, il leur fut facile de faire tomber le gouvernement, celui-ci étant également entièrement infor-matisé, je vous le rappelle.

Bien que nous ne soyons pas diplômés en la matière, Chame a capté notre atten-tion et nous écoutons ses paroles avec intérêt. Il est certain que l'homme a été vic-time de lui-même. En ne pensant qu'à sa petite personne, il a lui-même déclenché le début de sa fin.

Bien sûr, pour Sir, toute cette notion de virtualité n'a aucun sens. Il se contente de hocher la tête lorsque le regard de Chame croise le sien.

— C'est fou ça ! Ça explique bien des choses, conclut Iref.

Chame redresse sa position et reprend son exposé :

— Maintenant, depuis quelques années en fait, ces mêmes corporations, se décrivant comme des défenseurs de l'humanité, ont décidé d'aller encore plus loin dans leur ascension. Elles veulent contrôler non plus seulement votre identité numérique, mais bien votre personne physique. Leur plan est assez astucieux, avouons-le : ils insèrent dans tout vaccin une petite puce qui va se loger directement au creux du cerveau. Actuellement, la puce ne permet que de nous localiser, mais ce n'est qu'une question de temps avant qu'ils trouvent le moyen de l'utiliser pour contrôler notre cerveau.

— Et que fait la Résistance ? demande Sir, qui semble être de retour sur Terre.

Je devrais me questionner sur le fait que Sir connaisse la Résistance, mais j'en suis à réfléchir sur les dernières révélations de Chame.

— Nous sommes quelques centaines de milliers de personnes qui ont réussi, jusqu'à maintenant, à éviter leur stratagème. Nous nous organisons assez bien, nous avons parmi nous pratiquement tous les corps de métiers : des médecins, des ingénieurs, des informaticiens et même des chercheurs. Nous sommes une société secrète en soi, sauf que nous luttons pour la liberté du peuple.

Chame termine ce bel exposé par un charmant sourire et donne une petite tape amicale à Sir :

— Je me réjouis de voir que vous non plus n'êtes pas «fichés».

— Et qui vous dit qu'on ne l'est pas ? lançai-je spontanément, d'un ton toujours un peu arrogant malgré ce touchant discours.

— Nous avons bien sûr vérifié à votre arrivée, Adria ! Mais une chose m'intrigue tout de même, ajoute Chame d'un air plutôt préoccupé.

Après un long silence inconfortable, Iref intervient :

— Allez, Chame, pose ta question. On va te répondre avec franchise.

— Alors, comment expliquez-vous vos apparences les gars ? Les yeux rouges d'Iref ? Et surtout toi, Sir — tu es si mignon en gris-bleu avec tes oreilles pointues ! On dirait que tu sors directement d'un conte médiéval. Tu sais, les royaux elfes ?

— Comment sais-tu qu'il a les oreilles pointues ? demandai-je, voyant que Sir porte son capuchon.

— Je vous ai transportés jusqu'ici, alors j'ai vu son visage par inadvertance. Je m'en excuse si cela vous a offensés.

— Essaies-tu de nous dire, Chame, que les elfes ont tous disparu ? demande Sir d'un air soucieux.

Il s'ensuit un autre moment de silence très gênant.

Chame regarde Sir, pose son regard sur chacun de nous, revient vers Sir de nouveau et éclate de rire. Son rire est si sonore qu'on l'entend certainement à cent mètres à la ronde.

— Que tu es drôle, Sir! Oui, tu es vraiment drôle, s'exclame Chame entre deux pouffées de rire. Je t'aime bien, toi. J'aime bien les hommes qui me font rire.

— C'est l'histoire du curé qui voulait…

— Ah! Tais-toi Iref, tu ne vas pas t'y mettre toi aussi?

— Sérieusement, les amis? C'est de la cybernétique? Non, de la chirurgie plastique, n'est-ce pas? C'est bien ça?

— Oui c'est ça, Chame, c'est bien le dernier truc que tu viens de dire, réplique Sir.

Il a l'air plutôt abasourdi d'apprendre de cette façon l'inexistence de sa race à cette époque. Sir comprend toutefois que ce n'est pas le bon moment d'insister sur ce sujet. Mais il m'avoue silencieusement qu'il était conscient qu'en l'an 5000, sa lignée avait totalement disparu, mais qu'il espérait inconsciemment retrouver, à cette époque, quelques représentants de son peuple. Je dois préciser que les informations obtenues sur cette période n'étaient pas très claires à ce sujet. Néanmoins, Sir s'est promis de ne pas partir d'ici sans faire quelques recherches. La disparition de sa race étant plus récente, peut-être l'information sera-t-elle plus précise.

— Ne fais pas cette tête-là, mon bel elfe. Tout le monde emploie la chirurgie esthétique. J'y ai moi-même eu recours plusieurs fois — et j'en suis très fière.

Tiens ! Ce petit détail vient soudainement de la rendre plus sympathique à mes yeux. Peut-être que le fait de savoir qu'elle est fabriquée en morceaux la rend plus… comment dirais-je… *superficielle*.

Toutefois, mes confrères ne semblent pas du tout affectés par cette dernière révélation.

— J'imagine, Adria, complète Chame comme si ce n'était pas assez, que c'est par conviction ou par croyance que tu n'y es pas encore passée. Mais ce n'est qu'une question de temps, ma chère, crois-moi. Rien qu'une question de temps.

— Quoi! m'exclamai-je les dents serrées.

Cette dernière remarque est de trop. Chame vient de perdre tous les points qu'elle a gagnés. Oui! C'est par choix que je ne veux pas devenir une poupée en plastique. Qui est cette fille pour me dire que je suis laide?

Voyant que je vais la changer en bloc de glace, Iref brise ma concentration en me pinçant discrètement et reprend la situation en main.

— Bon! impose Iref d'un ton ferme. Assez perdu de temps. Nous allons maintenant essayer de retrouver Della et Ébrisucto.

Tiens! Je viens de retrouver mon frère. Déterminé et confiant comme je l'aime. Son intervention me calme momentanément, juste le temps qu'il faut à Chame pour sortir de la pièce. Inconsciemment, elle a pris la bonne décision.

— Attends ! Tu viens de parler de Della ? lançai-je, réveillant subitement quelques souvenirs. C'est vrai, ils étaient avec nous ! Où sont-ils ? Il faut vite les retrouver !

— Calme-toi un peu, petite sœur. Ils n'étaient pas présents à notre arrivée, ou devrais-je dire lorsque Chame nous a trouvé. Tout est sous contrôle. Nous allons voir quelqu'un qui devrait nous aider.

— Attends, Iref ! C'est quoi cette histoire ? Chame nous a trouvés ? Tu veux dire que ce n'est pas la première fois que tu parles à Chame ?

— Bien sûr que non ! répond Iref.

— Ça doit faire deux fois qu'on lui parle pendant que tu te prélassais, complète Sir d'un air coquin.

— Avions-nous l'air de types qui lui parlaient pour la première fois ? rajoute Iref. Tu n'as pas pensé que… Oui, tu as pensé que… C'est pour ça que tu…

Iref se met à rire et à rire, sans pouvoir s'arrêter. Sir se joint au délire en pointant

du doigt sa grosse bosse à la tête, conséquence de la statuette que je lui ai lancé.

Après un petit moment de frustration
et de malaise, je m'esclaffe à mon tour.
Nous rions à en perdre le souffle. Cependant, je finis par rappeler gentiment à Sir
que cette bosse était tout de même bien
méritée…

Chame revient alors avec quatre
casques de moto très colorés dans les bras.

— Voilà, les amis! Holà, j'ai manqué
quelque chose? dit-elle en nous voyant à
bout de souffle.

— Non, Chame, répondis-je en bousculant inutilement Iref.

— Voici vos protections, lance Chame
en déposant les casques. Suivez-moi, nous
pouvons y aller.

— Mais qu'est-ce que c'est que ces
casques? demande Iref en prenant l'objet.

— Mais Iref! Ce ne sont pas des casques,
s'empresse d'expliquer Sir en voyant Iref
se ridiculiser ainsi. Ce sont des heaumes de

guerre. Quoique ce modèle est légèrement différent de ceux que je connais.

Chame pouffe de nouveau, et sur son erre d'aller, répète que Sir est la personne la plus drôle qu'elle connaît. Un vrai «pince-sans-rire», murmure-t-elle. Elle fait pro-bablement allusion au fait que Sir ne rit jamais de ses propres blagues... sans se douter qu'en ce moment, Sir ne blague pas du tout.

Chame

CHAPITRE 3
LA RÉSISTANCE

CHAME NOUS CONDUIT À TRAVERS UN RÉSEAU de couloirs et d'escaliers pour aboutir dans une grande pièce en tout point semblable à celle où je me suis réveillée. Cc n'est que ça, l'an 3000? Des couloirs vides de décoration et des piliers en métal très proéminents? Franchement! L'architecture de cette époque laisse à désirer.

— Nous voici arrivés au garage, annonce Chame, et je vous présente mes bébés : mes motos ! Avec ça, nous pourrons traverser la ville comme une flèche sans courir de trop grands risques.

Sir sourit au son du mot « flèche », probablement heureux d'apprendre qu'ils n'ont pas oublié ce terme. Mais je crois qu'il va comprendre très bientôt tout le sens de cette expression.

Quoique moi et Iref n'ayons jamais utilisé ce moyen de transport, nous avons tout au moins lu et vu des images de ce véhicule. Par contre, l'ébahissement de Sir devant ces engins à moteur est indescriptible — et plutôt rigolo. Notre ami tourne autour de sa moto en l'observant sous tous les angles, ne semblant pas comprendre comment il est possible que ce véhicule avance sans tomber avec seulement deux roues.

— Nous allons nous asseoir là-dessus ? demande Sir, inquiet.

— Là-dessus ? clame subitement Chame en guise de réponse, insultée. Là-dessus ! Voilà un beau qualificatif pour mes chéries. Vous avez devant vous le HGT 45K, le tout dernier modèle de moto aérodynamique. Tous les gadgets imaginables y sont intégrés : radio satellite, GPS, cabine rétractable ; enfin, vous verrez bien vous-mêmes. Prenez place !

Inutile de dire que nous ne nous bousculons pas. En fait, nous hésitons un bon moment. Voyant que nous ne savons pas où embarquer, Chame prend à nouveau la parole, mais cette fois-ci, elle s'adresse directement à Sir.

— Eh bien, mon grand blond, tu me montres tes aptitudes au volant ?

— Qui… moi ? Heum…

Pour sortir Sir de cette situation embarrassante, ou simplement pour profiter de l'opportunité, Iref intervient.

— Je prendrai le volant ! Et tu n'as qu'à bien te tenir, mademoiselle !

— Oh, un homme qui a du cran, j'aime ça !

Elle commence vraiment à m'énerver avec ce genre de commentaires. « Mon grand blond », « un homme qui a du cran »... Encore une apostrophe de ce genre et elle risque d'avoir froid — *très* froid. Pour ne pas laisser Sir avec elle, j'embarque derrière Chame, alors que Sir va avec Iref. J'espère de tout cœur que frérot se débrouillera avec ce monstre mécanique. Mais avec un peu de chance, les contrôles devraient ressembler à ceux des aérostats de notre époque.

Les motos démarrent, une désagréable odeur de pétrole emplit le garage, et nous sortons du bâtiment par une grande porte à ouverture automatique. Le tout est agrémenté d'un grand cri d'effroi de Sir lors de notre accélération. Je crois bien qu'il vient d'avoir la frousse de sa vie !

Après deux intersections, nous défilons à toute vitesse dans la ville. La grandeur de tout ce qui nous entoure m'impressionne.

De chaque côté de la rue, d'innombrables gratte-ciel nous surplombent, tous plus imposants les uns que les autres. Les constructions sont si hautes que plusieurs se perdent dans les nuages noirs. Le ciel est si sombre, si obscur. Selon les études que j'ai faites sur cette époque, ces prétendus nuages sont en fait d'immenses masses de pollution empêchant l'astre solaire de se manifester. La température, elle, est plutôt moyenne. Toutefois, Chame m'informe que nous sommes présentement en hiver. La neige aurait disparu depuis cinq cents ans déjà, en raison du réchauffement global de la planète. Faut se rendre à l'évidence, à cette époque, la Terre a déjà commencé à se détériorer gravement. Espérons qu'il n'est pas trop tard pour l'aider à reprendre son souffle.

Sur les trottoirs, on aperçoit plusieurs mendiants qui semblent bien y avoir élu domicile. Leurs vêtements sont en lambeaux ; ils sont probablement trop pauvres pour s'en procurer d'autres. Actuellement,

plusieurs d'entre eux fouillent désespérément dans de gros tas de déchets qui
traînent çà et là entre les édifices. La vie
semble vraiment difficile.

— Alors, Adria, crie Chame pour se
faire entendre, quel est ton lien avec ces
deux-là? L'un des deux est ton petit ami?

— Non… Heu… Iref, celui aux cheveux
rouges, c'est mon grand frère. Et Sir, eh
bien… C'est mon ami, rien de plus.

— Je vois… Dans ce cas, tu n'y verras
pas d'objection. Je dois t'avouer que je
trouve ton ami très mignon. Il a vraiment
une belle personnalité. Tu crois qu'il pense
la même chose de moi?

À ce moment-là, je suis plutôt contente d'être sur cette moto, assise derrière
Chame, car elle ne peut pas apercevoir
mon visage. Sinon, elle me verrait clairement virer au rouge — rouge de colère. Je
la congèlerais bien après cette remarque-
là, mais comme c'est elle la conductrice…
Je ne sais pas pourquoi, mais je me sens

agressée quand elle s'adresse à Sir. Je suis peut-être jal… non, je ne crois pas.

Comme je vais lui annoncer qu'elle n'est pas du genre à Sir, nous sursautons en voyant passer un rayon bleu à quelques centimètres de nos têtes. Iref et Sir, qui jusqu'à présent roulaient derrière nous, avancent rapidement à notre hauteur. J'entends la voix de mon frère sortir d'un haut-parleur installé sur notre moto. Plutôt pratique, ce système de communication.

— Qu'est-ce qu'on fait, Chame ? On a de la visite !

Effectivement, deux motos nous rattrapent à vive allure. Selon l'expression sur les visages de nos poursuivants, ils ne sont pas là pour nous inviter à un bal.

— On va devoir accélérer pour essayer de les semer, suggère Chame.

Subitement, je me sens tirée vers l'arrière par l'accélération. Iref nous suit. Je suis surprise par les habiletés de mon frère. D'autres rayons laser sont tirés dans notre direction, gracieuseté des ennemis inconnus qui sont toujours à nos trousses. Chame les évite aisément en effectuant quelques zigzags. Cette manœuvre me donne la nausée.

Chame appuie sur un bouton du tableau de bord. Un petit compartiment s'ouvre à l'arrière de la moto, et un puissant jet d'huile se répand au sol derrière nous. Espérons que ça suffira à les arrêter. Malheureusement, les deux gaillards ont remarqué le danger et diminuent leur vitesse, pour passer sans glisser.

Nous procédons à une autre accélération, mais même à plein régime, nous n'arrivons pas à les distancer. Chame m'explique que ses motos, même si elles sont les plus performantes qui soient, sont désavantagées à deux passagers. Elle essaie un second dispositif. Cette fois, ce sont des barbelés en métal qui tombent au sol de manière à crever leurs pneus, mais ces conducteurs hors pair évitent tous les morceaux avec une facilité surprenante.

— Ce sont des as de la moto, murmure Chame, commençant à paniquer.

D'autres lasers sifflent à nos oreilles. Je dois faire quelque chose, sinon nous allons finir en chair à pâté. Je ne voulais pas dévoiler mes pouvoirs à Chame, mais je crois que la situation l'impose. Espérons qu'elle ne s'aperçoive de rien. Je me concentre. Le sol se recouvre d'une immense plaque de glace. Pour tout dire, la rue entière, derrière nous, ressemble à présent à une grande patinoire. L'un des deux hommes perd rapidement le contrôle de sa moto et va finir sa course contre la façade d'un gratte-ciel. Étonnamment, le second conserve une parfaite maîtrise de son véhicule. Un dur à cuire celui-là.

Je me retourne vers mes amis pour voir leur condition et j'assiste à quelque chose de surprenant. Il faut croire que Sir s'est déjà habitué à ces engins à moteur, parce que je le vois se retourner agilement sur son siège, de manière à faire face à nos poursuivants. Il tient dans sa main droite son pistolet électrique, celui-là même avec lequel il a brûlé Iref lors de notre entraînement. Il se concentre, vise adéquatement et fait feu. Le premier tir passe à plusieurs mètres de sa cible.

Pauvre Sir... Quelques semaines d'entraînement de plus ne lui auraient pas été inutiles. Tirant une deuxième fois, il frôle la tête de notre dernier poursuivant. Cette fois-ci, ça y était presque. Au troisième tir, je ne sais plus exactement ce que mon ami vise, mais par une chance incroyable, il atteint le pneu avant de la moto. À la plus grande surprise du conducteur, la chambre à air explose, le projetant tête première par-dessus son volant. Il tombe au sol et sa moto lui passe littéralement dessus. La déconfiture de notre redoutable motard me fait sourire. Probablement une réaction de soulagement. Néanmoins, cette superbe prestation de Sir met fin à la poursuite infernale. Nous sommes enfin sains et saufs !

— Beau travail, les gars! lance Chame par le biais de la radio.

Sous l'effet de l'allégresse — et probablement pour nous impressionner —, Iref fait lever de terre le devant de sa moto et roule un instant sur la roue arrière. Cela semble avoir un effet sur Chame, qui se met à ricaner sous son casque. Pour ma part, je trouve ça plutôt stupide et risqué. Hypnotisé par le sourire ou le clin d'œil de Chame, Iref perd le contrôle de sa moto.

— Iref! je lui crie. Regarde devant toi!

Trop tard. Il dépose sa roue avant, tente une manœuvre rapide pour récupérer, mais il n'est pas assez vif. Les deux garçons vont terminer leur course dans un immense tas de déchets. Je crains un instant pour mes amis. Chame arrête notre moto et se met à courir, prise de panique, vers son autre engin à moteur afin de s'assurer qu'il soit toujours en bon état. Personnellement, j'ai un peu plus de cœur que cette femme superficielle, alors je débarque pour aller retrouver mes confrères. Et c'est là que je vois Sir étendu de tout son long sur le gros tas de détritus, étourdi par la collision, avec une boîte de conserve sur la tête. Je n'en peux plus, j'éclate de rire. Me voyant rire à gorge déployée, Chame relève la tête, constate la situation et pouffe de rire à son tour. Iref, enterré dans les sacs à ordures, sort rapidement du tas, la tête haute mais l'orgueil touché.

— Alors, cowboy ? lui lançai-je pour le taquiner.

— J'aurais bien voulu te voir à ma place, la sœur, me répond-t-il très sérieusement.

Le connaissant, je sais fort bien que je ne devrais pas, mais c'est plus fort que moi, je ne peux pas m'empêcher de rigoler quand il fait cette face.

— Allez, nous devons continuer, interrompt Chame, qui a terminé son inspection de la moto. Heureusement, mon bébé n'a rien. Plus vite nous serons au quartier général, plus vite nous serons en sécurité. Je ne sais pas exactement à quelle organisation appartenaient ces gars-là, mais je ne tiens pas à en avoir d'autres à nos trousses.

En embarquant sur sa moto, Chame ajoute :

— Mais j'y pense… Cette glace…

— Tu as raison, lançai-je rapidement pour éviter le sujet. Nous devons nous mettre à l'abri.

Nous nous hissons rapidement sur nos motos et démarrons, faisant semblant de ne pas avoir entendu la dernière remarque de Chame.

Quelques minutes plus tard, nous arrivons devant un grand édifice. Je m'attendais à un bâtiment sortant de l'ordinaire, mais tout au contraire, il est parfaitement identique à tous les autres, recouvert de grandes vitres réfléchissantes empêchant les regards extérieurs de voir à l'intérieur. La Résistance a probablement fait le choix de se fondre dans la masse. *Un choix judicieux*, me dis-je.

Dès notre entrée, nous empruntons l'ascenseur menant aux plus hauts étages. Cent vingt-deux, exactement. Une chance que Sir a pu expérimenter cette invention à mon époque, parce que je vous jure que son premier voyage en ascenseur fut toute une péripétie.

L'ascenseur arrive directement dans la pièce. L'endroit est des plus impressionnants. La salle est de taille moyenne, contenant d'immenses écrans d'ordinateur devant lesquels sont disposés à égale distance trois fauteuils en cuir. Devant eux, un tableau de bord affichant des centaines et des centaines de boutons et de manivelles. Je suis étourdie juste à les regarder. Sur le mur de droite sont disposés des cartes de la ville et des plans biocybernétiques. Ils me donnent mal au cœur, j'aime mieux ne pas y attarder mon regard. À gauche, la totalité du mur est aménagée en grande fenêtre permettant de voir la majeure partie de la ville. Malgré l'état de délabrement de plusieurs buildings et la misère que reflète ce paysage, je ne peux m'empêcher d'apprécier la vue d'un si grand espace. À perte de vue… S'il ne s'agissait pas de ce brouillard au loin, je pourrais probablement voir l'horizon. C'est malheureusement impensable à mon époque, puisque notre champ de vision est limité par l'espace restreint du dôme. Si seulement les humains avaient su conserver et jouir de ce qu'ils possédaient, au lieu de chercher encore et toujours des améliorations…

Mes amis, eux, regardent la pièce sans dire un mot. Chame, apparemment amusée par notre étonnement, se dirige vers le fauteuil du centre, qui pivote aussitôt.

Un homme d'une carrure impressionnante y est confortablement installé. Sir et Iref pourraient probablement entrer tous les deux côte à côte dans ses vêtements. Un manteau en cuir serré orné de pointes de métal, deux pistolets de grande taille attachés à des pantalons parsemés de poches renfermant probablement divers gadgets technologiques, et des cheveux noirs en bataille à demi cachés par un bandeau noir et blanc. Cet homme possède une prestance que je n'ai encore jamais vue. Il s'adresse à nous d'une voix grave et puissante.

— Bonjour à vous, voyageurs ! Comme vous n'êtes pas « fichés », vous êtes considérés ici comme des nôtres. Je suis Jeff, responsable du dernier — probablement — groupe de résistance. Ma charmante assistante m'a raconté brièvement votre histoire lors de nos communications radio. Que puis-je faire pour vous aider, mes amis ?

En temps normal, je laisse Sir prendre la parole puisqu'il a une meilleure élocution que moi. Aussi, il ne faut pas oublier qu'il aime bien parler. Mais cette fois-ci, il a le regard perdu sur les écrans devant nous. Je ne crois pas qu'il soit en état de formuler une phrase très intelligible. Il faut dire qu'après avoir passé la majeure partie de sa vie à l'époque médiévale, c'est plutôt normal.

— Nous voudrions d'abord retrouver nos amis, Della et Ébrisucto.

— Hum, oui… À ce sujet, nous avons fait des recherches…

— Et?

Jeff se lève et prend une respiration avant de continuer sur un air désolé.

— Nous avons appris que les forces centrales avaient capturé deux nouveaux arrivants non fichés. Nous craignons malheureusement que ce soit vos amis. À l'heure qu'il est, ils doivent être soumis à une série de tests tous plus malsains les uns que les autres. Il faut regarder les choses en face, je ne crois pas que vous les reverrez.

— Quoi!? fulminai-je. Nous devons les sortir de là à tout prix! Nous ne pourrons jamais trouver le Dr Treth sans eux!

— Pardon? interrompt Jeff. Qui est le Dr. Treth? Je ne connais personne de ce nom dans cette ville.

Je me sens défaillir. Notre seule source d'information n'a aucune idée de qui nous parlons et nous venons de perdre les jumeaux. Voilà un très mauvais départ pour notre mission. Comment faire pour trouver quelqu'un dans une si grande ville ? Surtout s'il garde son identité secrète ? Alors que je sombre dans mes pensées pessimistes, Iref reprend les choses en main.

— Vous avez bien un registre des habitants de la ville sur votre ordinateur ? demande-t-il d'une voix assurée en se dirigeant vers l'immense tableau de bord.

— Bien sûr ! lui répond le technicien à la gauche du panneau de contrôle.

— Alors, faites-moi une recherche au nom de Treth ! Je veux en avoir le cœur net.

Mon frère m'impressionne. Avec sa force de caractère et sa détermination, il a l'étoffe d'un grand chef. Finalement, je suis contente qu'il soit venu avec nous. Sans lui, je serais encore une fois totalement perdue.

Jeff appuie cette demande d'un geste de tête et le technicien se met aussitôt au travail.

— Recherche effectuée, conclut l'informaticien. Monsieur, je n'ai aucune référence pour Treth.

Cette réponse agace Iref, qui se met à faire les cent pas devant la machine.

— Je voudrais bien trouver une idée de génie, rajoute-t-il. Mais je n'en ai pas la moindre.

— Le projet Damitol! lance soudainement Sir.

— Oui! C'est bien ça, s'exclame Iref, le projet Damitol! Excellente idée, Sirendatruc...

Je ne sais pas pourquoi, mais cela m'arrache toujours un sourire. Pourquoi Iref n'est-il pas capable de mémoriser son nom elfique? Sirendenvel Bradayaly. Ça me semble facile. Ou Sir, pour faire simple. Mais Iref s'entête à vouloir l'appeler par son nom complet. Peu importe.

— Faites une recherche sur le projet Damitol, reprend Iref. C'est l'expérience sur laquelle travaillait… heum… travaille le docteur Treth.

Après quelques recherches sur l'ordinateur, le technicien annonce :

— Toujours aucune donnée, monsieur.

Impossible ! Nous aurions dû avoir des informations cette fois. Je dois me rendre à l'évidence : ses activités sont probablement tenues secrètes.

Pendant un moment de silence involontaire, il me vient tout à coup une pensée. J'espère me tromper. Les membres de la Résistance trouveront ma prochaine question plutôt absurde, mais je dois en avoir le cœur net.

— En quelle année sommes-nous ?

— Tu veux savoir l'année ? Pas le jour ni le mois ? demande Chame, surprise par cette question. Eh bien, nous sommes en 2990. Pourquoi ?

Quoi ! ? La téléportation nous aurait transportés dix ans plus tôt que prévu ?

Iref et Sir me regardent subitement, aussi bouleversés que je dois l'être. Jeff, Chame et les techniciens sont complètement mystifiés par notre comportement.

Il s'ensuit un grand moment de silence. Nous demandons à Chame l'opportunité de nous retirer quelques heures afin de comprendre pleinement notre situation et choisir notre prochaine action.

À la suggestion de Jeff, Chame nous conduit à un dortoir où sont alignés une dizaine de lits. Les murs sont gris, sans décoration. Le luxe y est totalement absent. Mais l'important, c'est que nous y sommes en sécurité et confortables. De plus, Chame nous assure que nous ne serons pas dérangés.

Nous discutons quelques heures sur ce qu'il serait préférable d'entreprendre pour la suite des événements, mais en dépit de notre bonne volonté, nous tournons en rond. Comment exercer une emprise sur le temps sans machine à voyager dans le temps ? Nos idées ne

mènent à rien. Épuisée, je sombre finalement dans le sommeil. Il faut croire que le
voyage en moto m'a affaiblie… ou peut-
être est-ce simplement le découragement.

※ ※ ※ ※ ※

Mentionnons qu'à cette époque, sans le
soleil, il n'y a plus vraiment de distinction
entre le jour et la nuit.

Au matin, ou du moins après avoir
dormi, je me réveille alors qu'Iref entre en
trombe dans le dortoir. Un grand sourire
fend son visage. Dans son élan de fierté, il
nous annonce d'une voix assurée :

— On a une piste !

— Holà le frère, lui dis-je, encore
embrouillée par le sommeil. Qu'est-ce qui
se passe ? As-tu dormi un peu au moins ?

— Quelques heures, oui, mais je devais
vérifier quelque chose.

— Allez, le rouquin, lance Sir en sortant de sa position de méditation, qu'est-ce
qui se passe ?

À voir les yeux d'Iref, je ne crois pas qu'il ait apprécié la boutade de Sir, mais il ne contre-attaque pas. Pour ma part, je trouve la remarque plutôt comique.

— Comme nous sommes dix ans avant la date que nous espérions atteindre, le projet Damitol n'existe pas. Toutefois, je me suis dit que si c'était un projet d'une telle envergure, d'un potentiel destructeur incroyable, il devait y avoir des travaux préliminaires, des recherches menant au projet de l'an 3000. Alors, nous avons effectué une recherche sur les présents projets en lien avec l'armement, ce qui nous a conduit au docteur Vlander, un grand savant très connu travaillant dans ce domaine.

À peine a-t-il fini sa phrase que je lui saute au cou.

— Bravo, frérot! Je savais qu'on pouvait compter sur toi.

— Oui, bravo le grand! renchérit Sir. Par contre, ne compte pas sur moi pour t'étreindre comme ça!

Nous nous esclaffons. Enfin, un moment de détente et d'amusement. Nous en avions bien besoin, avec toute la pression que nous imposait ce nouveau siècle.

De plus, nous avons enfin une piste.

La Ville

CHAPITRE 4
UN AMI

APRÈS AVOIR EU ÉCHO DES TRAVAUX DU Dr Vlander, nous partons à sa recherche avec hâte. Chame a obtenu les coordonnées de sa résidence principale et se fie mordicus à cette petite machine qu'elle tient dans la paume de sa main droite. « C'est un GPS », nous dit-elle. À ma souvenance, cet engin semble avoir perdu son rôle avec le temps. Il est vrai qu'en l'an

5000, où nous sommes résignés à vive dans un dôme, il nous serait totalement inutile.

Nous avons abandonné nos motos pour retrouver la terre ferme. Chame nous confirme tristement que pour la route à emprunter, ce moyen de transport nous sera totalement inutile. Sir, lui, semble tout à fait heureux de ce choix.

Après quelques ruelles abandonnées et une descente qui me paraît interminable, nous sommes maintenant dans les galeries souterraines de la ville, aussi appelées « la zone morte ». Selon Chame, ces égouts sont de loin le parcours le plus sûr. Selon moi, le seul truc certain, c'est que personne ne peut y circuler sans s'asphyxier. L'odeur est insupportable, m'obligeant à garder un bras devant le visage en guise de masque facial. Ayant déjà perdu la notion de distance, je compte les plaques d'égout au passage. Trente et un, trente-deux… *De cette façon, au besoin, j'arriverai à rebrousser chemin*, me dis-je. Les murs de ce cloaque sont parfois coulés dans le béton, parfois faits d'acier, en fonction de l'entretien qu'on a donné à chaque région particulière. Nous sommes munis d'une lampe de poche à faible intensité produisant à peine l'éclairage d'une lampe à l'huile. Selon Chame, mieux vaut rester dans l'ombre, vu l'existence de créatures souterraines. J'ai d'abord cru qu'elle faisait allusion à des petits animaux tels des souris ou des rats, mais maintenant que j'y pense, j'aurais probablement dû me renseigner davantage. Et puis non ! *À bien y réfléchir, en ce moment, l'ignorance est sûrement la meilleure des choses*, me dis-je en entendant quelque chose craquer.

Après un moment, j'arrive à me convaincre de la sécurité des lieux, lorsque j'entends un autre craquement étrange derrière nous. Cette fois-ci, le bruit est d'une intensité plus forte et plus soutenue, comme seule une masse importante peut produire. Quelque chose rôde autour de nous, j'en suis certaine — un peu comme le ferait un animal avec sa proie avant de la dévorer. Comme de fait, depuis quelques minutes, je me sens observée. J'avise donc le groupe de mon inquiétude. Nous nous arrêtons quelques instants pour écouter et analyser la situation, mais je crois bien que je suis la seule à me prendre au sérieux.

— Eh les gars, je ne suis pas folle ! J'entends des pas !

— C'est normal, Adria, répond Chame avec son petit air condescendant. C'est probablement l'écho de tes propres pas.

Est-ce qu'elle sait qu'elle me tombe sur les nerfs, celle-là ? me dis-je silencieusement en cherchant un moyen de prouver mes craintes.

Ça y est ! J'ai trouvé.

— Et ceci ? C'est toujours mes pas ? lançai-je en désignant le sol.

J'ai gelé le sol à quelques pieds derrière nous. Nous pouvons ainsi apercevoir au loin des empreintes de pas qui avancent vers nous lentement. Bien que la chose soit invisible, d'après la taille de ses pieds, on dirait un gorille, mais en beaucoup plus imposant. Un yéti peut-être, ou même un minotaure. Mais qu'est-ce que j'imagine ? Il y a bien 2000 ans que ces créatures n'existent plus sur Terre.

Chame, ayant visiblement reconnu la créature, se met à crier d'un ton paniqué en vidant son chargeur dans sa direction.

— Un reglop, un reglop, lance-t-elle sans arrêt en mitraillant devant elle.

À la suite de cette rafale de balles, le mouvement des pas de l'animal s'arrête brusquement, nous laissant croire à son départ — ou à son décès. Iref nous ordonne de nous regrouper, permettant ainsi de parer plus facilement un éventuel assaut. De mon côté, dans une situation normale, il m'aurait été facile de congeler cette chose, mais pour l'instant, je dois d'abord la localiser. Malgré mes efforts, je n'arrive pas à la visualiser, mais je ressens très bien sa présence autour de nous. Où es-tu, sale bête ?

J'avise le groupe qu'elle est toujours vivante, et cette fois-ci, j'ai toute leur attention.

— Tu dois la localiser, Adria ! lance haut et fort Iref. Vas-y, p'tite sœur !

Je perçois les paroles d'Iref comme un encouragement très clair et direct. Je me concentre, et quelques secondes suffisent pour que l'ensemble des lieux soit couvert d'une épaisse glace bleutée. Tout ce qui se trouvait à la ronde est maintenant congelé. Quel silence !

Sans tarder, je dégèle Sir et Iref. Dans cet ordre.

— Regardez, les gars ! leur dis-je en avançant vers Chame — qui, soit dit en passant, est beaucoup plus aimable sous forme de glaçon.

À notre étonnement, à quelques centimètres de la tête de Chame s'ouvre la mâchoire d'une créature difforme. On dirait un croisement de plusieurs animaux, ou le résultat d'une expérience ratée. Elle ressemble à un énorme gorille, mais avec la tête d'un ours et une queue de crocodile.

— Ouache! Quelle est cette créature? demande Sir en mesurant ses dimensions. Vous avez vu la taille de sa gueule? Elle est plus grande que celle d'un ours brun! Une chance, Adria, que tu l'aies détectée.

Sir m'adresse un léger sourire comme lui seul peut le faire.

— Je ne sais pas, les gars. Mais une chose est certaine, la dame en plastique a failli être recyclée, dis-je en riant seule de cette blague.

— Bon! suggère Iref. Sir, achève cette horreur et dépose-la au sol. Nous dirons à Chame qu'elle est morte blessée de ses balles.

Sir sort le couteau de chasse dont il ne se sépare jamais, surnommé «sa plume d'oie», et fait ce qu'il faut.

— Que fait-on, Iref? On lui apprend ma faculté?

— Va-t-elle se douter de quelque chose à son réveil? me demande Iref.

— Bien sûr que non ! répondis-je, comme si c'était une évidence. Elle croira se réveiller à l'instant même de sa congélation.

— Il sera toujours temps de lui expliquer les détails plus tard, conclut Iref.

— À la demande de mon frère, je dégèle donc Madame.

Chame se réveille, évidemment toujours en pleine crise. Paniquée, voyant la créature au sol devant elle, elle se remet à tirer et à tirer. Pendant ce temps, nous nous regardons mutuellement en espérant qu'elle s'aperçoive rapidement que la créature est inerte et que son arme est vide depuis fort longtemps. Mentionnons que Sir a peut-être exagéré en déposant la tête de la créature sur le bout du pied de Chame. Je soupçonne l'elfe de l'avoir fait pour moi. Sacré Sir…

Lorsqu'elle comprend que la situation est sous contrôle, Chame se calme.

— C'est quoi cette chose, Chame ? demande Iref en contournant sa carcasse.

— C'est un reglop.

— Un quoi ? demande Sir.

— Un reglop. Nous utilisons ce terme pour désigner toute créature ayant subi une mutation génétique. Des mutants, si vous aimez mieux.

— Des mutants ? murmure Sir.

À voir la tête de Sir, on voit bien que notre spécialiste des bêtes se pose un tas de questions.

— Oui, Sir, explique Chame. Autour des années 2600, le CRAP — Centre de Recherche de l'Agence de Protection — débuta des expériences génétiques. La phase 1 du projet devait se concentrer sur des espèces animales. L'objectif était de créer un animal plus fort et plus robuste. C'était la première fois qu'on prévoyait croiser des espèces totalement incompatibles à la base.

— Ont-ils réussi ? demande Sir, intéressé par le sujet.

— Je crois que oui, mais on ne connaît pas exactement les détails, car le laboratoire fut fermé quelques années plus tard.

On murmure que leur clôture fut liée au fait que plusieurs cobayes, ou résultats d'expériences, si vous préférez, se seraient échappés à la suite d'un cataclysme. J'imagine qu'avec le temps, ils ont trouvé le moyen de se reproduire.

— Donc, ce sont des animaux de laboratoire ? ajoutai-je d'un air perplexe.

— D'autres prétendent aussi que ce serait ce foutu vaccin, rajoute Chame.

— Quoi ! ?

Voyant que sa dernière révélation a attiré notre attention, Chame continue sur cette lancée :

— Je vous ai parlé de la puce qu'ils mettent dans les vaccins. Vous savez, celle qui se loge dans notre cerveau. Eh bien, tenez-vous bien. Certains de nos savants prétendent que cette fameuse puce, étant construite à l'aide d'une composante rétroactive, pourrait s'abîmer et se briser avec le temps. Selon eux, un tel accident aurait des séquelles inimaginables sur l'organisme humain. On mentionne même la mutation du corps entier.

— Es-tu en train de nous dire que cette bête serait un «effet secondaire» du vaccin? lançai-je sur un ton encore plus perplexe. Méchant effet.

— Croyez ce que vous voulez, répond Chame, mais chose certaine, personne ne me fera prendre ce foutu vaccin.

— Vu comme ça, nous non plus, disent en chœur Sir et Iref.

Pendant les minutes suivantes, tous les membres du groupe sont à l'affût de mes réactions. Même Chame me demande fréquemment si j'entends des bruits de pas. J'ai en quelque sorte la responsabilité du groupe. Une tâche qui ne m'enchante pas particulièrement.

Après cinq ou six autres bouches d'égout, notre avancée prend fin devant une énorme porte circulaire. Cette masse démesurée bloque entièrement le passage. Impossible de la contourner. À première vue, c'est une plaque d'acier de l'épaisseur d'un homme. Il est évident qu'elle a été conçue, soit pour contrôler l'écoulement des eaux, soit pour limiter l'accès à l'autre côté. Quelle que soit sa fonction, elle semble la remplir très bien, car même à nous quatre, nous n'arrivons pas à la bouger d'un centimètre.

— Évidemment, le verrou est de l'autre côté, dit amèrement Chame en examinant minutieusement la porte. Je crois que le mécanisme d'ouverture est en son centre.

— Depuis quand est-elle serrurière? murmurai-je à moi-même.

— Tu es certaine que c'est la bonne route, Chame? demande Sir.

— Mon GPS ne se trompe jamais. C'est juste de l'autre coté, explique Chame, les yeux sur le bidule. J'aurais dû emporter quelques explosifs, ajoute-t-elle.

— Et pourquoi pas un bazooka tant qu'à y être, murmurai-je, toujours à moi-même.

Pensant probablement avoir une brillante idée, Chame nous demande de nous écarter, oriente son arme rechargée vers le centre de la grosse porte et tire un projectile.

La balle frappe le centre de la porte et ricoche dans notre direction. Iref a tout juste le temps de baisser la tête pour éviter le pire. La balle est passée si proche qu'il l'a entendue siffler au dessus de sa caboche. Une petite mèche de cheveux rouges vient tout juste de lui tomber dans les mains. Mon cœur s'arrête de battre quelques instants. À voir la réaction de mes amis, je ne suis pas la seule à avoir eu la frousse.

— Désolée! lance Chame, abasourdie, après avoir compris qu'elle a été négligente.

Je crois qu'à partir de cet instant, Iref a changé complètement d'idée concernant Chame… euh, peut-être pas, finalement.

Il est inutile de mettre le feu aux poudres. Voyant l'inconfort de la situation, je crois devoir réagir.

— Sir! Chame et toi devriez peut-être aller voir s'il n'existe pas une autre voie d'accès.

J'envoie un regard à Sir. Brillant comme il est, il comprend rapidement que je veux éloigner Chame afin de permettre à Iref ainsi qu'à moi d'essayer un truc ou deux. Pendant un instant, le fait qu'ils se retrouveront seuls tous les deux m'inquiète, mais je me reprends : ce n'est pas le moment de penser à ce genre de truc.

— Bien sûr Adria, répond Sir. Nous avons croisé une intersection à quelques minutes d'ici. Allons voir si l'une de ces voies ne nous permettrait pas de contourner cette porte. Tu m'accompagnes, Chame ?

Chame accepte sans trop questionner. Elle est probablement encore sous le choc de ce qui vient de se produire.

Dès leur départ, Iref s'avance vers moi :

— Du feu ou du froid, Adria ?

Tiens ! Une phrase que j'ai entendue souvent dans notre famille.

— Si tu crois pouvoir venir à bout de cette porte, ne te gêne surtout pas, frérot.

D'un signe de la main, j'invite Iref à s'expliquer avec la porte. Je sais parfaitement que le froid pourrait briser cette porte d'acier, car cette matière a tendance à casser à très basse température. Mais connaissant bien mon frère et son orgueil d'homme, je préfère reculer et observer le spectacle.

— Pour faire fondre l'acier, il nous faut une température autour de 1400 °C, me renseigne Iref, mais 500 °C seront suffisants pour le rendre plus malléable. Je crois pouvoir atteindre cette température sur une petite surface.

— Concentre-toi sur le centre de la porte. La serrurière veloutée semblait en connaître le mécanisme.

— Laisse-la un peu tranquille, Adria.

— D'accord, Iref. C'est juste qu'elle me tombe sur les nerfs. Désolée.

— Je ne vois pas pourquoi elle t'énerve autant, et puis… Tu n'as pas remarqué ? Vous vous ressemblez étrangement toutes les deux… Je te jure ! Vous dégagez un peu la même sorte d'aura.

— Tu la fermes et tu chauffes ou tu vas sentir mon aura passer ! Compris ?

Iref me fait un sourire, puis se concentre et rapidement, une jolie flamme jaunâtre apparaît entre la paume de ses mains. Il la dirige vers le cœur de cette grosse porte. À son contact, des étincelles jaillissent en tous sens. Iref augmente l'intensité du feu, le faisant passer du jaune à l'orangé, puis au rouge. Plus la flamme devient forte, plus les yeux d'Iref deviennent vermeils. Ayant maintenant atteint sa pleine puissance, Iref a les yeux rouges feu et tout son corps dégage une chaleur stupéfiante. Ce n'est pas la première fois que je vois Iref utiliser son pouvoir, mais à chaque prestation, je suis toujours aussi émerveillée. *C'est bien mon frérot, ça*, me dis-je silencieusement.

Néanmoins, après vingt minutes de métallurgie infructueuse, je commence à douter de la pertinence de l'exercice. Au moment même où je m'avance pour prendre la relève, Iref s'arrête brusquement, et d'un coup de pied assuré, fait basculer le centre de la porte dans la pièce voisine. Un son aigu s'ensuit.

— Et voilà le travail! lance fièrement Iref en ouvrant l'énorme porte. Maintenant, nous pouvons passer.

— Il était temps! dis-je en lui donnant un léger coup d'épaule en guise de taquinerie.

À notre grand étonnement, cette porte mène directement à un immense laboratoire souterrain. Je comprends maintenant l'utilité d'une telle protection. Nous sommes dans une grande pièce rectangulaire desservie par un petit escalier dans le mur nord. Les lieux sont déserts et révèlent un certain abandon. En observant bien les alentours, je dois admettre que l'endroit est plutôt saccagé. Le sol est recouvert de fragments de béchers brisés. Des tas de papiers trempent dans des flaques de liquide verdâtre et plusieurs éléments électroniques sont littéralement démolis. Les quelques armoires encore debout sont également en piètre état. Tout porte à croire que nous avons sous les yeux l'œuvre de quelqu'un qui cherchait une information ou qui cherchait à dissimuler des preuves.

Nous sommes subitement surpris par des pas de course dans l'escalier. Quelqu'un descend vers nous avec fougue.

— Quelqu'un arrive ! alerte Iref.

Je me camoufle derrière un gros comptoir de marbre. Agenouillée, le cœur battant, je me prépare à une éventuelle attaque. Les bruits de pas étant de plus en plus rapprochés, je me concentre pour congeler celui qui les provoque. Mais Iref m'arrête juste à temps.

— C'est Chame ! me lance-t-il, ayant reconnu ses jambes bien avant moi. (Je me demande pourquoi d'ailleurs.)

— Chame ?

Elle arrive à la course, et sursaute en nous apercevant.

— Que faites-vous ici ? demande-t-elle.

— Nous avons finalement réussi à trouver une faille à la porte, répond Iref.

Pendant qu'Iref alimente la conversation, je me positionne entre la porte et Chame afin qu'elle ne puisse apercevoir le gros trou en son centre.

— Et vous ? lui demandai-je. Que faites-vous ici ?

— Nous avons repéré une bifurcation à quelques minutes derrière nous, permettant de rejoindre la ruelle en surface. La maison du docteur Vlander se trouvait juste au coin de la rue. Quand nous avons vu que la porte d'entrée était déjà ouverte, nous avons eu un mauvais pressentiment. Malheureusement, il s'est avéré justifié, car j'ai bien peur, les amis, que nous soyons arrivés trop tard. Le docteur a disparu et la quantité de sang à l'étage nous laisse présager le pire. Ses assaillants se sont probablement débarrassés du corps.

— Et où est Sir maintenant ? demande-je, soucieuse de son absence.

— Ne t'inquiète pas, Adria, le bel elfe est au deuxième étage. Je lui ai dit que

j'allais vous ouvrir. De son côté, il pro-
cède à l'ins-pection des lieux en détail.

— C'est lui qu'on entend jaser ?

— Quoi ? lance Iref.

— Adria, tu n'aurais pas une Ge-27 ?
demande Chame d'un air très calme. Personne de normalement constitué ne peut
entendre des voix deux étages plus haut.
Ça fait quelques fois que tu entends des
bruits que nous ne percevons pas ! Avoue-
le ! C'est tout à fait cool !

Iref semble septique, mais me connaissant, il ne l'avoue pas clairement.

— Avant que je m'emporte, explique-
moi donc ce que c'est, le Ge-27 ? demandai-
je, les nerfs à vif.

— C'est de la cybernétique. Tu sais,
l'appareil pour améliorer l'ouïe.

— C'est ce que je pensais. De la cybernétique ! Moi ! Oh que non, ma chère !
Jamais de la vie ! J'aime trop mon corps
pour le mutiler. Mon ouïe est tout ce qu'il
y a de plus normal.

Chame comprend qu'elle a touché une corde sensible et qu'il serait recommandé d'éviter le sujet à l'avenir.

Iref sait très bien ce que je pense de la biocybernétique, mais malgré cela, il a son petit air de scepticisme que je déteste tant. Je lui lance un regard qui lui fait détourner le sien.

Mais à bien y penser, il est vrai qu'aujourd'hui, à deux ou trois reprises, je me suis surprise à entendre des bruits à une distance anormale. Peut-être cette faculté se développe-t-elle avec le temps. N'ai-je pas des pouvoirs sur l'air? Après tout, c'est lui qui porte les sons.

Certes, mais pour l'instant, j'entends Sir qui demande de l'aide.

D'un bond, j'attrape la rampe de l'escalier et je monte les deux étages à la course. Je crois que mes compagnons m'emboîtent le pas.

Je me souviendrai toujours de ce spectacle. Sir est là, tournoyant sur lui-même comme un danseur de valse. Mais que dit-il?

— Lâche-moi, lâche-moi! crie-t-il, d'un air fatigué.

Accroché à la reliure de son manteau en cuir se tient un tout petit robot qui ne veut surtout pas abandonner sa prise.

— Papa, papa! répète-t-il sans arrêt comme un enfant entêté.

Voyant la scène, je n'ai pas d'autre alternative que de pouffer de rire. Imaginez, Sir essaie désespérément de se débarrasser de ce petit robot qui, étrangement, semble éprouver une attirance particulière pour notre ami.

Iref et Chame arrivent à l'instant et s'esclaffent à leur tour.

— Mais qu'est-ce que c'est? demandai-je en rigolant.

— C'est un JA-299, répond Chame. C'est un petit robot familial. Nous en avons un au refuge. Quoique celui-ci est particulièrement mignon.

Ayant entendu son nom, le petit robot lâche sa prise et se dirige vers nous.

— Allô! dit-il d'une voix plutôt enfantine. Je ne suis pas JA-299, mais bien JA-311. Sans vouloir abaisser mon grand frère, je suis plus sophistiqué et plus intelligent que la première génération.

JA-311 me regarde avec ses beaux grands yeux bleu brillant. On dirait un petit garçon qui essaie de se faire aimer. En tout cas, ça marche avec moi.

— Mais qu'est-ce qui s'est passé, Sir? lui demandai-je. Pourquoi JA-311 s'est-il acharné sur toi?

Sir s'approche un peu en se grattant la tête, essayant vraisemblablement de remettre de l'ordre dans ses idées, et voir ce qu'il aurait pu faire pour être la cible du robot. À un moment donné, il croise mon regard et détourne la tête immédiatement. Le nez lumineux du robot se met à clignoter.

— Je n'ai rien fait de spécial, répond finalement Sir, anxieux. Cette chose s'est littéralement lancée sur moi alors que je menais mon investigation.

Le petit robot, d'une voix très douce, enrichit les dernières paroles de Sir.

— La vérité est que je viens de me faire adopter par l'elfe noir. C'est maintenant mon papa, oui, mon papa bien à moi. Yahoo!

Bien que je sois intriguée par le fait qu'il connaît l'origine de Sir, je le suis davantage par le fait que JA-311 surnomme Sir « papa ».

— Sir! intervient Chame. Tu as actionné son interrupteur? Tu sais, le gros bouton coloré sur son nez. L'as-tu touché?

— Euh… Peut-être par distraction. Il ne faisait pas très clair et…

— Par distraction? lance Chame. Eh bien! Je t'annonce, mon beau, que ces robots sont programmés pour appartenir au premier qui les actionne. Comme c'est un robot familial, il t'a attribué le rôle du père.

Chame s'esclaffe de nouveau. Iref est littéralement plié en deux.

— Je n'ai qu'à repousser le gros bouton alors, et le tour sera joué, lance Sir en se déplaçant vers JA-311.

Apeuré, le petit robot vient se cacher derrière ma jambe et me demande de le protéger.

— Aide-moi, Maman! Aide-moi! Papa est fâché!

— Il t'appelle Maman! s'esclaffe Iref, maintenant agenouillé au sol.

— Pourquoi tu m'appelles maman, JA-311? demandai-je, surprise.

— Quand papa est tout près de toi, son pouls accélère, la chaleur de son corps monte de 2,25 degrés et je ressens un léger tremblement de la paupière droite. La seule explication à tous ces symptômes simultanés est que tu es son ammmmoureuuuuuse.

Je deviens toute rouge, et Sir aussi.

Pendant ce temps, Iref n'en finit plus de rire aux éclats, échappant entre deux souffles, «Que j'aime ce robot… Oh que j'aime ce robot!». Pour sa part, Chame me regarde en levant les sourcils. Je devine très bien ce que cela veut dire : « Tu ne m'avais pas dit que ce n'était qu'un ami ? ».

Présentement, JA-311 me regarde avec ses grands yeux bleus et le bout de son nez clignote comme pour m'indiquer qu'il est heureux. Je m'attendris aussitôt.

Qu'il est attachant, ce petit, me dis-je en le prenant dans mes bras.

— Attends que je t'attrape, lance Sir en se précipitant vers le robot.

J'interromps promptement sa course.

— Que je te voie toucher à ce robot, dis-je en fronçant les sourcils. Tu l'as adopté, alors tu vas t'en occuper.

Iref, qui venait à peine de reprendre son souffle, s'esclaffe de nouveau en voyant cette dispute familiale.

— En fait, rajoute Chame, tu ne peux pas le désactiver aussi facilement. C'est justement fait dans une optique d'adoption. En appuyant sur le bouton, tu t'engages à le garder au moins vingt ans. Tu n'as pas lu les instructions, Sir ?

— Quoi ! Quelles instructions ? dit Sir, abasourdi. Tu as vu, la pièce est tout en désordre. Comment aurais-je pu lire les instructions ? Il doit sûrement exister une exception pour ceux qui ne trouvent pas les instructions ou qui ont activé le robot par mégarde, non ?

Iref est littéralement plié en deux.

Je ne sais pas si c'est la faute de ses beaux yeux bleus ou celle de mon instinct maternel, mais soudainement, je suis éprise de ce mignon petit robot. Et sans réfléchir, je prends position.

— Je déclare donc JA-311 membre à part entière de cette expédition. Et que je voie quelqu'un essayer de s'y opposer !

Mon expression et ma détermination découragent les plus sceptiques, car tous hochent la tête en guise d'acceptation. Même Sir s'y résigne.

JA-311 se met de nouveau à clignoter et me serre dans ses minuscules bras robotisés.

— Merci «Maman»!

Une larme m'échappe.

❋ ❋ ❋ ❋ ❋

Une fois remis de cette rencontre inattendue, nous terminons la fouille des lieux. Malgré des heures de recherches, nous ne trouvons rien qui puisse nous mettre sur une autre piste. Un peu découragés, nous reprenons le chemin du refuge.

Sur le chemin du retour, Sir, s'étant réconcilié avec JA-311, lui fait la conversation avec intérêt. Le fait de me voir constamment les dévisager doit aussi les aider dans leur relation.

JA-311

CHAPITRE 5
L'AFFRONTEMENT

Trente-huit bouches d'égout plus loin, nous sortons de ce bourbier. Bien sûr, à un endroit différent de celui où nous y sommes entrés, afin d'éviter de nous faire repérer. Je dois avouer que je ne suis pas fâchée de quitter ces lieux infects. JA-311 nous accompagne à présent. Actuellement, il est assis sur l'épaule de Sir et son petit nez clignote rapidement, nous laissant voir qu'il est bienheureux. Son «papa» semble être parvenu à l'accepter dans le groupe. Qui ne s'attacherait pas à cette petite bête?

Bref, nous retournons d'un pas pressé au quartier général afin de faire le point sur les événements et découvrir qui aurait bien pu saccager le laboratoire du docteur Vlander.

Chame nous conduit dans les petites ruelles de la ville. Elle nous assure qu'il vaut mieux se tenir loin des rues principales, particulièrement à ces heures. Arrivés à un croisement entre deux ruelles, nous nous adossons au mur, le temps que notre guide vérifie s'il n'y a pas de danger en vue.

— D'après plusieurs signes évidents, je vous sens troublée, demoiselle, lance JA-311.

— En effet, c'est étrange, explique Chame. Normalement il devrait y avoir plusieurs patrouilles des forces centrales dans les rues à cette heure-ci.

— Exactement 14, lance JA-311.

— Quoi?

— En me basant sur les données de la dernière année, à cette heure précise, en moyenne, on devrait apercevoir 14 gardes dans cette zone.

Ce commentaire me fait sourire. Je crois qu'il n'a pas fini de nous étonner, ce petit robot.

— Bon, comme je disais, reprend Chame, je n'en vois aucune et ça m'inquiète.

— Je ne vois pas ce qu'il y a d'inquiétant, lance Iref. Je dirais même que c'est parfait! Nous pourrons rentrer plus rapidement en quittant ces ruelles sombres remplies de rats et de gens plutôt bizarres.

Cette remarque fait sourire Sir.

— C'est vrai que le petit homme au poing de métal était prêt à tout pour te vendre un membre cybernétique. Je t'aurais bien vu avec un bras de robot! Ha, ha!

Je lance à Sir un regard noir pour lui faire bien comprendre que je n'apprécie pas la blague. J'ai failli être malade devant toutes les images qu'il voulait à tout prix nous montrer.

— Moi j'en ai, des bras de robot, et je ne m'en plains pas ! lance nonchalamment JA-311 en regardant ses petits bras de métal. Je ne vois pas ce qu'il y a de mal là-dedans.

Pauvre petit JA. À cause de la blague de Sir, il croit que je n'aime pas les robots maintenant. Je m'excuse rapidement en lui tapant amicalement la tête, en supposant qu'il puisse comprendre cette marque d'affection, et je mets rapidement fin à la conversation.

— Allons-y ! Profitons-en pendant qu'il n'y a pas de patrouilles en vue.

Nous empruntons donc la grande route pour parcourir le dernier bout de chemin. Chame répète qu'elle n'aime pas l'ambiance, que quelque chose ne va pas. J'en viens à l'ignorer tellement elle me blase.

Toutefois, Sir semble également inquiet. Juste au moment que je vais lui en demander la raison, une délégation apparaît dans un bruit infernal. Des voitures et des hommes serrés côte à côte avancent dans notre direction.

— Les forces centrales ! nous alerte Chame. Courez ! Courez !

Nous décampons à toute allure vers une petite ruelle sur notre gauche. Nous espérons pouvoir ainsi les éviter, mais malheureusement, deux hommes tout de noir vêtus, avec casque à visière et un grand bouclier anti-laser à la main, surgissent de la pénombre et nous confinent à la grande rue. Nous rebroussons chemin, mais des troupes arrivent de ce côté-là aussi. Nous sommes tombés dans une embuscade. D'un côté, des dizaines d'hommes armés ; de l'autre, deux mercenaires baraqués comme des armoires à glace. Notre décision est rapide.

— Nous fonçons sur ces deux lourdauds, lance Chame, déterminée.

Je m'élance, aussitôt imitée par mes amis. Les deux gaillards s'apprêtent à nous barrer la route avec leurs larges boucliers, mais n'y parviennent pas. Je les gèle sur place, nous permettant ainsi de les contourner et de nous engouffrer dans la ruelle. À mi-chemin, je prends quelques secondes pour créer un solide et épais mur de glace derrière nous.

— Cette barricade pourra retarder nos poursuivants.

— Bonne idée, approuve Sir en me lançant un clin d'œil.

Quelques mètres plus loin, de l'autre côté des bâtiments, nous arrivons dans une rue plutôt sombre. Oh non ! Nous sommes attendus par un comité d'accueil. À présent, il nous est impossible de reculer ou de fuir : les troupes nous ont encerclés.

— On est foutus ! lance Chame, paniquée.

Six voitures blanches sont stationnées en biais devant nous. Des dizaines d'hommes armés sont agenouillés derrière celles-ci et nous visent de leurs armes. Le plus troublant, c'est qu'ils ne sont pas seuls. Près d'eux, attachées au cou par de lourdes chaînes, se tiennent des dizaines de créatures comme celle que nous avons vaincue dans les égouts.

— Une armée de reglop! s'indigne Chame. Voilà le projet secret des forces centrales. C'est dégoûtant! Une armée de mutants.

— Je crois que Chame a raison, nous sommes cuits, admet Sir.

— Non, eux le sont! s'exclame Iref.

Sur ces mots, et à la surprise de tous, Iref frappe ses mains devant lui et produit une onde circulaire de flammes en direction de nos adversaires. Quelques reglops, principalement les plus poilus, prennent immédiatement feu. Tout près d'eux, deux hommes goûtent aussi à la recette et sont maintenant en train de retirer précipitamment leur veste en feu. Ils semblent s'en tirer avec quelques brûlures.

À voir la tête de Chame, elle doit se poser plusieurs questions concernant les pouvoirs que nous venons d'utiliser, mais elle devra attendre pour les réponses.

Une volée de balles et de rayons lasers sont tirés dans notre direction. J'ai juste le temps d'ériger un solide mur de glace devant nous afin de stopper les projectiles au vol. Les troupes le bombarde sans arrêt, lui arrachant des morceaux et le fissurant de toute part, je dois sans cesse la renouveler pour nous garder à l'abri. À la longue, ce geste m'affaiblit énormément. Pendant ce temps, Iref use de toute sa concentration pour chauffer les armes de nos adversaires. D'après leurs cris de douleur, leurs fusils fondent littéralement dans leurs mains. Iref a augmenté leur température jusqu'à atteindre le point de fusion.

— Beau travail, Iref, lance Sir. À nous de jouer maintenant !

Sir et Chame, malgré la confusion de cette dernière, saisissent leurs armes et éliminent plusieurs soldats. Voyant notre combativité, les mercenaires lâchent les reglops. Ces bêtes assoiffées de sang se ruent sur nous avec rage.

Chame se prépare à combattre à l'aide de la lame accrochée à son fusil. Voyant notre désavantage au corps à corps, je me concentre un bref instant et congèle les reglops sur place. Je me sens défaillir, et cette fois, l'énergie commence à me manquer. Nous sommes, pour l'instant, sains et saufs, mais je ne pourrai pas utiliser de nouveau ma magie, sinon je perdrai connaissance.

— Il faut vite filer, maintenant.

Nous nous hâtons de contourner les dernières voitures de cette escouade, et courons vers le bâtiment de la Résistance. Il n'est plus qu'à quelques rues !

Cinq, quatre, trois… nous sommes pratiquement arrivés quand, au bout de la rue, surgit soudainement un nouveau groupe de soldats, probablement les forces que nous avons semées au début de la poursuite. Ils arrivent des deux côtés, et cette fois, nous n'avons aucun moyen de fuir.

— Je crois que c'est la fin, les amis, murmure Chame.

Malheureusement, je dois avouer que je suis d'accord avec elle. Je suis pour ma part beaucoup trop affaiblie pour poursuivre ce combat. Alors que je commence à paniquer, Iref hurle un mot dans une langue que je reconnais comme étant du draconien. Aussitôt, quelque chose d'incroyable se produit.

Un immense cône de flammes tourbillonnantes apparaît devant lui. Iref semble plonger dans une transe et contrôle parfaitement le cyclone de feu. Je ne l'ai encore jamais vu faire preuve d'une telle puissance. J'espère seulement qu'il sait ce qu'il fait. Iref projette son cône et incinère une patrouille entière de soldats. Tous y passent, y compris les reglops et les voitures.

Mais cette prestation prend fin beaucoup trop vite, car quelques secondes plus tard, Iref sort de sa transe. Épuisé, il s'effondre lourdement sur le sol. Chame a heureusement le temps de l'attraper avant qu'il ne se cogne la tête par terre.

— Qu'est-ce qu'il a ? Et comment faites-vous ça ?

— Je t'expliquerai plus tard. L'idiot… Il s'est complètement vidé. Il doit à tout prix se reposer !

Notre petit robot s'approche d'Iref.

— Je peux lui donner de l'énergie si vous voulez. J'ai mon propre générateur !

— Désolée, mon petit, ce n'est pas de cette énergie-là que mon frérot a besoin.

Néanmoins, je trouve JA attachant et sa proposition très drôle.

Maintenant, il n'y a plus de temps à perdre. Je hisse Iref sur mon épaule et l'entraîne avec moi dans ma fuite.

— Cours, Adria, me dit Sir. Moi et Chame ferons diversion !

— Non ! Sauve-toi aussi, c'est trop dangereux.

— Ne t'inquiète pas pour moi. Je vous rejoindrai. Allez, faites vite !

À contrecœur, j'accepte le plan de Sir. Mais au cours de ma fuite, je jette tout de même un coup d'œil derrière moi. Chame fait feu à volonté en direction de nos poursuivants, son gros fusil dans une main, son pistolet dans l'autre. Je dois avouer qu'elle m'impressionne, car j'ai rarement vu une femme ayant autant de talents avec les armes à feu. Sir, pour sa part, a adopté une technique plutôt étrange. Il ramasse les plus gros cailloux qu'il peut trouver au sol et les lance vers les forces centrales. Je suppose qu'il a perdu son pistolet électrique en courant. Toutefois, étant un archer hors pair, sa grande dextérité lui permet de désarçonner plusieurs soldats. Ce spectacle me fait sourire. JA-311 est à ses côtés et semble commenter ses lancers.

Tout à coup, les forces centrales se mettent à nous mitrailler avec tout l'armement en leur possession. Nous nous couchons rapidement au sol pour éviter cette volée de projectiles meurtriers. Malheureusement, Sir est trop lent et se fait toucher par un rayon paralysant. Il est là, debout, qui nous regarde les yeux plein de panique. Il ne peut plus bouger. Les soldats se ruent sur lui à toute vitesse. Je me lève pour aller l'aider, mais je suis déjà beaucoup trop faible pour intervenir. Il y a aussi Chame, qui m'a rejointe en rampant, et me retient de toutes ses forces.

— LÂCHE-MOI ! Je dois aller aider Sir !

— Il n'en est pas question. Tu te feras attraper toi aussi, c'est tout !

Je me débats pour me libérer de son emprise. Je lui flanque plusieurs coups de pied et de coude, mais mes assauts sont trop faibles et inefficaces, je suis à bout de force.

JA-311, lui, grimpe sur l'épaule de Sir et essaie de lui rendre sa mobilité en lui procurant quelques chocs électriques. Mais sa manœuvre n'a aucun effet. Il essaie alors de le frapper au visage de ses petits bras métalliques, mais ceci est également vain.

Un soldat arrive à sa hauteur et saisit le petit robot qui, pour se défendre, électrocute son opposant. Celui-ci tombe à genoux, mais se relève rapidement. Chame nous informe que la plupart des soldats possèdent des protections contre les décharges électriques.

Une voiture s'approche de Sir. Des soldats en débarquent et disparaissent à toute vitesse, emportant l'elfe et son robot. Je regarde le spectacle de loin, impuissante. Je pleure, j'hurle, je voudrais tant pouvoir faire quelque chose.

— SIR ! Nooon…

Je m'écrase au sol et me mets à sangloter. Chame essaie de me consoler, mais je ne veux rien entendre. Elle m'a empêché d'agir. Je devrais lui faire payer, je devrais…

— Adria…

Iref vient de se réveiller. Bien qu'encore faible, il se traîne vers moi et pose sa main sur mon épaule, ce qui m'apaise quelque peu.

— Tu ne peux… plus rien faire. Tu sais bien que si… tu utilises tes pouvoirs encore une fois… tu finiras comme moi…

— Je… Je sais…

Devant cette triste réalité, j'étreins mon frère et je fonds en larmes dans ses bras. Oh, Sir… Je te retrouverai…

CHAPITRE 6

LA CONFESSION DE SIR

J'AI… L'IMPRESSION DE RÊVER. JE PARVIENS À peine à ouvrir les yeux. Tout est brouillé et flou. J'ai la sensation d'être à moitié présent, à moitié nulle part. Un état qui me rappelle tristement celui vécu à Sova, lorsqu'Adria m'a sorti de mon tombeau.

Un seul souvenir me revient. Je vois Adria me regardant, les larmes aux yeux.

Retenue par Chame, impuissante, elle crie de toute son âme. Son visage est si…

Une horrible douleur à la tête me ramène brutalement à la réalité. Tout tourbillonne autour de moi, comme si la pièce tournait sur elle-même. Un gros projeteur de haute intensité est braqué directement sur mon visage, m'obligeant à fermer un œil. Malgré mes efforts pour bouger la tête, je n'y parviens pas ; quelque chose me retient. Mes membres sont lourds, très lourds. J'entends des voix converser, mais mon cerveau n'arrive pas à donner un sens aux mots. C'est un homme, une femme… non, deux femmes. On dirait la voix de Della. Mon esprit est troublé ; mais où suis-je ? Où est Adria, où est Iref ?

— Docteur ! Venez vite, il se réveille.

— Trente-cinq millilitres de césaphine. Faites vite, il ne doit surtout pas reprendre conscience.

Une douleur au bras. Tout devient blanc et je m'endors.

❊ ❊ ❊ ❊ ❊

— Papa! Papa! Papa, réveille-toi!

Une petite voix me tire de mon sommeil. J'ouvre les yeux. Encore somnolent, je dois m'y reprendre à deux fois avant de pouvoir me relever.

Aïe! Ouille! J'ai une douleur atroce à la tête et mes membres sont endoloris, comme si l'une des machines étranges de cette époque m'avait littéralement roulé sur le corps. Que m'arrive-t-il? Où suis-je? Je ne dois pas être tout à fait éveillé, car je ne vois que du blanc autour de moi. Je prends quelques respirations et je referme les yeux, avant de les ouvrir à nouveau. Malgré cela, l'endroit reste insolite. La pièce est totalement sans couleur et son propriétaire a omis d'inclure une porte. *Je dois sûrement encore rêver*, me dis-je.

Après quelques tours de la pièce, je dois me rendre à l'évidence : ce cauchemar est bien réel. Je suis enfermé dans cette petite salle circulaire toute blanche, sans porte de sortie, dans laquelle il n'y a qu'un lit.

— Papa ! Papa ! Papa, es-tu réveillé ?

Tiens ! On dirait bien JA-311.

— Où es-tu, JA ? Je ne te vois pas, petit.

Je n'aperçois pas le robot, mais je suis néanmoins soulagé d'entendre une voix familière.

Quelques secondes passent avant que JA-311 ne se manifeste de nouveau.

— En fait, cette question n'est pas très claire, Papa. Si tu fais référence à mes coordonnées géographiques, je suis à *43 degrés nord, 2 degrés est*. Si tu fais référence à mon emplacement physique, je suis dans un placard rempli de vieux balais sales de marque Sela. Toutefois, si tu fais référence à l'origine de ma voix, elle est dans ta tête, plus particulièrement dans ton cortex moteur primaire.

— Quoi ! Dans ma tête ?

— Ah, tu parlais donc de ma voix. En fait, ils t'ont installé un Fr-230 et j'ai pu utiliser la microplaquette 29 pour transmettre sur la fréquence 18.

— Que dis-tu ? Cela n'a pas de sens, JA !

— Attends, Papa ! Je vais traduire.

En me concentrant un peu, j'arrive à entendre JA-311 murmurer :

— Une personne éduquée, ayant vécue au Xe siècle. Aucune connaissance électronique. Aucune connaissance en programmation. Je dois aussi mettre comme donnée que c'est un elfe noir, même si cela ne devrait pas influencer les résultats.

Après quelques secondes d'attente, JA-311 reprend ses explications.

— Voilà ! Ceux qui t'ont capturé ont mis un truc dans ta tête. Tu sais, la puce qui permet de savoir où tu vas. Eh bien, j'ai réussi à détecter une faille et je peux l'utiliser pour te parler.

— Holà ! Attends, JA. Où est-ce que je me trouve exactement ?

— En fait, cette question n'est pas très claire, Papa. Si tu fais référence à…

— Stop ! m'exclamai-je en interrompant JA-311 dans son énumération. Ça va petit, j'ai compris. Explique-moi plutôt ce qui m'est arrivé.

— Tu t'es fait capturer par les forces centrales. Tu as subi une intervention appelée « fichage » et maintenant tu as une puce — oups ! — un truc dans la tête.

Un grand moment de silence s'ensuit.

— Et maintenant, tu utilises cette chose pour me parler ? Comment cela se peut-il ?

— Eh bien, c'est très simple. Par l'entremise de la microplaquette cyb...

— Euh... En fait, oublie cette question. Est-ce que tu peux neutraliser cette « puce » ?

— Désolé, Papa, elle possède même un mécanisme d'autodestruction que personne, même moi, ne peut désactiver. Ce qui est effrayant, c'est qu'eux, ils peuvent l'activer à distance, et ce en tout temps.

— Autodestruction ? Genre quoi ?

— Genre... Attends, je vérifie « genre ». Ah oui ! Genre te faire sauter la tête.

— Quoi ! ?

Silence.

— Donc, je suis condamné ?

— Condamné à quoi ? Je crois qu'il manque un verbe.

— On dit cond… oublie ça. Vais-je mourir ?

— Malheureusement, oui.

Un moment de silence s'ensuit, mais cette fois-ci, il est des plus pénibles. La larme à l'œil, je me remémore les bons moments avec Adria. Bien que je me sois longuement préparé à ce grand départ, je ne pensais pas vivre mes derniers moments ainsi. Adria aurait dû me laisser partir chez moi, avec les miens… Pourquoi ai-je voulu visiter le futur, aussi.

Cet instant d'introspection est évidemment écourté par l'intervention de JA.

— Eh, Papa ! Pour l'instant, tu dois te préparer pour demain, car nous allons nous échapper.

— Quoi ! Mais… tu viens de dire que j'allais mourir !

— Oui, sûrement un jour, puisque tu es mortel. Mais j'espère que cela ne sera pas de sitôt. J'ai plein de choses à expérimenter avec toi. Tu sais, les choses que font les pères avec leur fils, comme la bicyclette, le cyber-ski…

— Quoi ! Eh !

— J'avais oublié à qui je parlais.

Je reprends mon souffle, j'essuie mes yeux et je demande des explications à JA.

— Bon, explique-moi ce plan.

— Demain, lors du transfert, la Résistance va attaquer le convoi et nous libérer. C'est risqué, mais je crois que nous avons de bonnes chances de succès. Soit 67,56 %, exactement.

— Comment as-tu eu ces informations JA ?

— J'ai communiqué avec eux, lance JA-311 comme si c'était l'évidence même.

— Bien sûr ! Tu as communiqué avec eux. J'aurais dû savoir que tu pouvais communiquer avec eux depuis ton armoire à balais. J'aurais dû également y penser avant d'attaquer ces mercenaires avec leur corps cyber… quelque chose. Mais avant tout, j'aurais dû réfléchir à deux fois avant d'accepter d'accompagner Adria à son époque !

— Quoi !

Je prends une bonne respiration, j'allonge mes jambes sur le lit, j'appuie mon dos au mur et je baisse la tête. D'un air accablé, je me confie.

— Tu vois JA, c'est pour ça que je me sens inutile dans ce monde. Je suis totalement ignorant, même des choses les plus élémentaires, comme tu dis. Tu sais, petit, dans mon monde, j'étais quelqu'un. J'étais talentueux, intelligent, vif d'esprit, rapide comme l'éclair, cultivé et toujours en contrôle de la situation. Je n'avais peur de rien... bon, je devrais plutôt dire que je paraissais n'avoir peur de rien, mais n'empêche, j'inspirais le respect. J'ai choisi de faire ce voyage dans le but de protéger Adria et de m'assurer que rien ne lui arriverait. Cependant, lors d'affrontements, je n'arrive même pas à me montrer à la hauteur. Tu imagines, maintenant je suis celui qu'on capture et à qui on insère des trucs dans la tête. Je suis devenu le poids mort, le maillon faible. Demain, mes amis vont devoir mettre leur vie en danger pour essayer de me sauver. Ce n'est pas moi, ça… non, ce n'est pas moi. Je suis en train de tout faire rater.

— Papa est triste?

— Oui petit, dis-je d'un air abattu. Mais tu n'y peux rien, petit. Non, tu n'y peux rien.

Je sais fort bien que JA-311 n'est pas humain et qu'il ne peut pas partager mes émotions — mais le fait de savoir qu'il m'écoute, je ne sais pas pourquoi, cela me fait du bien.

Après quelques minutes de silence, perdu dans ma solitude, je conclus notre discussion.

— Dis-leur, JA, qu'il est inutile de me sauver et qu'ils doivent continuer cette mission sans moi. Dis à Adria que je l'aime et que je l'aimerai toujours, mais qu'il est maintenant temps pour elle…

Épuisé et décontenancé, je m'assoupis en terminant tout bas ma phrase.

Un message, bien sûr, que JA-311 ne transmettrait jamais…

CHAPITRE 7
LE CONVOI

NOUS SOMMES DE RETOUR AU QUARTIER général de la Résistance. Après avoir capturé Sir et JA, les forces centrales se sont dispersées. Je ne sais pas ce qu'elles ont derrière la tête, mais je suppose qu'un seul prisonnier leur suffisait. Ils auraient pu tous nous avoir ! Nous devrons être mieux préparés lorsque nous tenterons de secourir Sir. Espérons qu'il ne soit pas trop tard pour lui. Nous devons absolument agir au plus vite.

Le flot de mes pensées est interrompu par l'entrée d'Iref dans le dortoir.

— Ça va mieux, sœurette ?

— Oui… Je… Il faut…

— Jeff veut nous rencontrer maintenant.

Je me lève et nous nous dirigeons vers la salle de conférence. C'est une grande pièce, très semblable à celles que nous connaissons déjà. En son centre se trouve une immense table ovale entourée de nombreuses chaises plutôt sobres. Un grand écran est installé au mur, permettant ainsi de présenter du matériel audiovisuel. Jeff nous y attend en compagnie de Chame et de trois autres hommes dont j'ignore le nom. L'un d'entre eux possède un œil cybernétique très apparent. C'est dégoûtant.

Nous prenons place, et sans perdre de temps, je m'informe auprès de Jeff en ce qui concerne la suite des événements.

— Un seul homme peut nous aider désormais. On le surnomme « Abok le pirate noir ». C'est le meilleur pirate informatique de la ville, qui, heureusement, travaille dans notre camp. Aucune faille ne lui est inconnue, c'est un vrai professionnel. Je lui ai déjà envoyé les informations que je possédais en lui demandant de nous retracer Sir.

— Et il l'a trouvé ?

— C'est ce que nous saurons bientôt, Adria.

— Et où doit-on aller le rencontrer, ce pirate noir ? demandai-je, impatiente de voir ce dur à cuire.

— Il sera là dans quelques secondes via la vidéoconférence. Tu vas le voir apparaître sur cet écran.

Je pense alors à Sir. L'elfe n'a pas encore vu de communication vidéo, puisqu'elles sont peu utilisées à notre époque. Qu'il serait impressionné !

Comme je vais m'informer sur l'identité des autres personnes à la table, un bip se fait entendre.

— Ah ! Le voilà ! annonce Jeff.

L'écran devant nous s'allume et un homme y apparaît. Je dois avouer que je suis surprise. Alors que je m'attendais à un homme dur et mystérieux au long manteau noir, celui que je vois maintenant ne cadre pas du tout avec cette image. Le « pirate noir » est en fait un homme de petite taille, trapu, qui porte des petites lunettes rondes sur le bout de son nez difforme. Les cheveux sales en bataille, il est vêtu d'une veste en cuir brun de style aviateur. Sa voix nous parvient par des haut-parleurs installés sur la table.

— Bonjour à v… vous, chef ! Bon… bonjour les magiciens !

Après nous avoir vus utiliser nos pouvoirs dans la rue, Chame ne m'avait pas lâché d'une semelle pour connaître notre secret. Pour éviter de lui dire qu'on vient du futur, j'ai dû lui raconter que mon frère et moi étions deux magiciens, la seule famille qui, depuis des années, descendait du grand Merlin au temps d'Arthur.

J'avoue que je n'ai pas eu une grande inspiration sur le moment, mais pour l'instant — et contre toute attente —, cette explication semble lui convenir. Faut dire qu'elle n'est pas très… Mes pensées sont interrompues par Jeff.

— Et puis, Abok, comment va la localisation de Sir ?

Abok sourit légèrement et nous explique sa découverte.

— J'ai une bonne et une moins bonne nouvelle. La b… bonne est que malgré leur protection à toute épreuve et leur nouveau coupe-feu, j'ai quand même su m'infiltrer et déjouer leur système de protection. Je sais maintenant où ils ca… cachent votre ami.

Mon cœur fait un bond dans ma poitrine. Il est vraiment bon, ce pirate !

— Sir se trouve présentement dans une cel… cellule, et sera bientôt tran… transporté au centre de recherche p… principal des forces centrales.

— Bravo Abok! lui lançai-je spontanément.

— Et la mauvaise nouvelle? demande Jeff.

C'est vrai, je l'avais oubliée celle-là.

— En fait, l'une des raisons pour lesquelles j'ai réussi à le localiser en si peu de temps, c'est qu'il est malheureusement «fiché».

Oh non! Je ne connais pas le processus exact pour ficher un individu, mais je sais que ça n'annonce rien de bon, ce que les yeux de Chame me confirment lorsqu'elle entend l'information.

— Bon… Eh bien, voyons cela comme un avantage pour l'instant, poursuit Jeff. Nous nous en servirons pour le localiser lors de son transfert et nous attaquerons le convoi! C'est là, Mike, que tu entres en jeu!

L'homme à l'œil artificiel se lève et prend la parole.

— Bonjour, chers amis, j'espère que vous n'avez rien sur le feu, car nous ne sortirons d'ici que lorsque nous aurons trouvé un plan à toute épreuve pour sauver votre ami.

Mike prend deux grandes respirations et dirige son œil monstrueux vers Iref et moi.

— Adria et Iref. Nous aurons besoin de vos dons pour vaincre l'ennemi ! Soyez prêts.

❋ ❋ ❋ ❋ ❋

Le paysage vu d'ici est ahurissant. Je suis sur le toit d'un gratte-ciel d'une cinquantaine d'étages en compagnie de Mike, Iref et Chame. Jeff, lui, attend au sol en compagnie des troupes, prêts à passer à l'assaut. Abok est parvenu à subtiliser les plans concernant le transfert de Sir dans leur réseau informatique. Ce dont il avait besoin était simplement une borne — un ordinateur — à proximité des lieux. Miraculeusement, nous en avions une. Une belle borne dorée aux yeux bleus...

Abok a utilisé JA-311 comme borne, car ce petit bout de chou est en fait un ordinateur super sophistiqué. Qui l'aurait cru ?

Ce que j'ai retenu du plan est que nous allons tendre une embuscade au convoi, à cet endroit et dans une dizaine de minutes. J'évalue nos chances de libérer Sir comme étant très bonnes. La quantité d'effectifs que la Résistance a pu déployer pour l'opération est surprenante.

Chame et Mike sont présentement sur le toit pour coordonner les opérations. De là, ils pourront voir tout le terrain et analyser la bataille. Mike m'a confié que grâce à son œil cybernétique, il peut voir facilement un homme au sol et même lire sur ses lèvres. C'est peut-être pratique comme machin, mais c'est quand même dégoûtant. Ouache !

Iref et moi attendrons le signal pour effectuer notre entrée.

— Le convoi est en approche ! nous signale un homme par communication radio.

— Bien. Adria, tu sais ce que tu as à faire ?

Je rassure Chame d'un signe de tête.

Je vois se profiler à l'autre bout de la rue une dizaine de véhicules lourds, de blindés, de jeeps, et même un char d'assaut muni d'un immense pistolet laser pour ouvrir la voie et un autre identique pour la fermer. Des hommes marchent de chaque côté du convoi, armes à la main. Sir est vraiment transporté sous très haute sécurité. J'attends que le convoi soit au bon endroit et je passe à l'action. *Sir, tiens bon, nous tentons le tout pour le tout!*

Je me concentre sur les roues des véhicules. Celles-ci se figent instantanément dans d'énormes blocs de glace. *Et voilà votre cadeau d'accueil*, me dis-je.

Connaissant sans doute mes pouvoirs, les hommes des forces centrales me cherchent du regard, mais sans succès. Des dizaines et des dizaines d'hommes armés sortent des blindés, en état de panique. Chame, qui s'occupe des communications, transmet les ordres de Mike aux gens concernés.

— Jeff, on passe à la phase 1 : les tireurs.

Jeff envoie le signal. Confortablement cachés aux fenêtres des bâtiments adjacents, les tireurs d'élite se mettent à mitrailler les troupes du convoi. Malgré de larges boucliers, les forces centrales n'arrivent pas à parer entièrement la salve de projectiles qui s'abat sur eux. Plusieurs s'écroulent sous la précision des tirs. Nous venons de prendre l'avantage. Toutefois, un grand champ de force est rapidement déployé autour du convoi, agissant comme un immense bouclier impénétrable. Les tireurs d'élite sont maintenant inefficaces.

Mike, perché sur l'édifice, analyse toute l'action et prend rapidement une décision.

— Abok, peux-tu me dire dans quel véhicule notre ami est retenu captif ?

— Bien sûr. Selon ses co… coordonnées, Sir se trouve d… dans le quatrième blindé, s… soit le huitième véhicule. J'ai reçu la confirmation de JA-311.

Fort de cette information, Mike prend quelques instants pour réfléchir, puis il donne de nouveaux ordres à Chame.

— Dis à Dave qu'on passe à la phase 2 : les experts. Qu'il m'abatte ce bouclier !

Dave, l'un des bras droits de Mike, ordonne sans tarder le début de l'opération. Une cinquantaine d'hommes équipés de grands boucliers, antiballes et antilasers, sortent du bâtiment, tous alignés en rangées, un peu comme un groupe de soldats médiévaux. Au centre de cette formation se cachent cinq soldats d'intervention spéciale, plus précisément des experts en explosifs. Les hommes avancent rapidement vers leurs adversaires, tentant de se protéger du mieux qu'ils le peuvent. Quoique cette formation soit des plus efficaces pour parer les projectiles, des hommes sont malheureusement touchés et s'écroulent au sol, gravement blessés. Malgré la puissance de feu de l'ennemi, en dépit des pertes d'hommes, la petite armée continue d'avancer. Je ne sais pas où ils ont pêché ces hommes, mais ils ont tous le courage de Mog.

Arrivés à la hauteur du premier tank, nos cinq experts en explosifs bondissent hors de la formation, bombes à la main. Agiles comme nul autre, évitant les tirs, ils grimpent sur le tank et y attachent leurs charges. Quelques secondes plus tard, ils sont de retour dans la formation qui, ayant accompli sa mission, bat rapidement en retraite. Dès qu'ils sont hors de la zone d'effet, la formation déclenche l'explosion, démolissant le premier tank ainsi que le bouclier. La déflagration sème la panique dans le camp adverse.

Suite au vacarme de l'explosion, Mike se tourne vers nous avec son gros œil.

— Allez les amis, phase 3!

— Allons Iref, c'est à nous!

— Oui, Adria. Je te fais confiance; pose-nous en douceur, tu veux bien?

— T'inquiètes pas, frérot, nous formons une vraie équipe, une famille. D'ailleurs, comment j'expliquerais ça à Mère si je te laissais tomber ?

Je lui fais un clin d'œil pour le rassurer, attache la courroie unissant nos deux corps, et plonge tête première dans le vide d'une hauteur de cinquante étages.

Je nous laisse descendre en chute libre. Quelques secondes suffisent pour parcourir une vingtaine d'étages. Malgré la force du vent qui siffle dans mes oreilles, je peux entendre mon frère hurler de peur à mes côtés. Je le comprends un peu, car sa vie ne repose que sur moi. Je devrais peut-être en profiter pour lui demander quelques trucs, comme faire ma chambre tous les week-ends ? Ou pourquoi ne pas être mon esclave personnel pour les prochains mois ? Pendant ce temps, les étages défilent à une vitesse folle.

Bon — finies les bêtises, il est maintenant temps d'agir. Je contrôle le vent pour créer une plus grande résistance et nous faire planer tranquillement vers le convoi. Nous allons bientôt le survoler pour aller nous poser de l'autre côté. Je rappelle à Iref qu'il doit agir pendant notre passage.

— Prépare-toi frérot, on approche.

Dès que nous survolons les véhicules, Iref hurle quelques mots cornus et projette un immense cône de feu directement sur le convoi. Des flammes rouges s'allongent pour couvrir la totalité de nos opposants. Grâce à cette manœuvre, plusieurs soldats ennemis se font scrupuleusement griller sur place. C'est comme si nous formions un seul et unique dragon, survolant les troupes ennemies et crachant notre puissant souffle de flammes. Je me souviendrai toujours de ce moment d'accomplissement — le moment où je pus enfin voler.

Nous nous posons à l'autre bout du convoi, tout en douceur. Iref me regarde sans dire un mot. Je peux voir dans ses yeux qu'il vient de vivre les mêmes émotions que moi.

Maintenant, de cette position, Sir ne se trouve que quatre véhicules plus loin.

Seulement deux gardes nous séparent de lui.

— Cours jusqu'au blindé pour délivrer Sir et JA, m'ordonne Iref. Je m'occupe des gardes!

Chose qu'il n'a pas à me répéter deux fois, car je pars à la course. Iref attire leur attention en leur jetant une petite boule de feu. Cela semble bien fonctionner, car j'atteins le blindé en douce. Malheureusement, les deux types ne sont pas seuls! Oh non! Des dizaines de reglops viennent d'apparaître et encerclent Iref. Je dois faire vite.

Pour l'aider, je congèle sur place quelques reglops. Les gardes se tournent vers moi. Que je suis BÊTE! Je viens de trahir ma position! L'un d'eux se dirige maintenant dans ma direction avec la détermination du combattant. Malheureusement, Iref ne peut pas le retenir, aux prises avec tous ces reglops qui ne cessent pas d'apparaître.

L'ensemble de nos troupes attaque de nouveau. Dave, avec ses soldats, fonce directement dans l'action, couvert par Jeff et ses tireurs d'élite. Malgré notre force de frappe redoutable, nos ennemis, supérieurs en nombre, nous dominent sérieusement.

Je tente de glacer l'homme qui se précipite vers moi, mais ma glace ne tient pas. Il la brise en quelques secondes et retrouve toute sa mobilité. J'ai compris. Maudite cybernétique !

Il me vise de son arme. J'ai à peine le temps de me couvrir de mes bras que je sens ma peau me brûler horriblement. J'avais matérialisé de la glace sur mes membres pour m'en faire un bouclier, mais j'ai sous-estimé la force du laser.

J'essaie de comprendre le mécanisme de la porte arrière du blindé. Un cadenas ! Pas le temps de chercher la clé ! Je refroidis le métal et le brise d'un bon coup de pied. La porte s'ouvre et je vois Sir à l'intérieur, attaché au mur du véhicule par de lourdes chaînes. JA-311 est à ses côtés.

— Adria ! Que je suis content de te voir !

Je me précipite près d'eux et les détache.

— Oh, Sir ! Vite, nous dev…

Je reçois un coup brutal derrière la tête, ce qui m'étourdit et me fait perdre pied. Je tombe au sol. Faisant fi de la douleur, je me relève aussitôt, mais le garde est plus rapide que moi. Il me saisit à la gorge et me plaque le dos au mur. Sir tente de lui faire lâcher prise, mais sans succès. L'homme modifié par la cybernétique est trop fort.

Mes pieds ne touchent plus le sol. J'essaie de me concentrer pour user de mes pouvoirs et le congeler, mais c'est impossible. La glace ne peut arrêter sa puis-sance destructrice. Avec l'énergie du déses-poir, j'essaie encore et encore. Je me sens de plus en plus faible… Ma vision se brouille peu à peu…

Tout à coup, JA-311 bondit sur l'homme et lui plante ses trois petits doigts dans le cou. L'homme reçoit une puissante décharge électrique et tombe au sol.

— On ne touche pas à ma maman ! lui lance JA.

— Bien fait pour lui ! ajoute Sir, en s'assurant que la brute ne se relève plus.

— Comment as-tu fait ça ? lui demandai-je, encore essoufflée.

— Facile. J'ai grillé sa puce !

L'image qui me vient en tête me dégoûte, mais c'est de ma faute, je n'avais qu'à ne pas poser la question.

Sir me regarde d'un air coupable. Il s'en veut sûrement de ne pas avoir pu agir. Pour le rassurer, je le prends tendrement dans mes bras et l'étreins longuement. Nos regards se croisent et malgré que nous ayons tant de choses à nous dire, les mots en ce moment sont inutiles. Je me contente de poser la tête sur son épaule.

Quelques minutes plus tard, j'entends les reglops hurler de souffrance à l'unisson, et les soldats des forces centrales battent en retraite. C'est fini. Nous avons gagné cette bataille — ou du moins cette manche.

CHAPITRE 8
L'ANALYSE

MALGRÉ UN PLAN ASTUCIEUX, DES HOMMES entraînés et de l'artillerie lourde, cette bataille a failli tourner à la tragédie. Nous avons sous-estimé le nombre et la force de frappe de ces gardes probablement tous améliorés par de la cybernétique. Heureusement, nous n'avons subi aucune perte, quoique plusieurs hommes soient présentement dans un piteux état. Personnellement, je suis légèrement blessée au bras gauche et Iref à la jambe droite. Mais maintenant que je suis sur le chemin du retour avec Sir, cette douleur me parait superficielle.

Je ne sais pas si c'est une idée que je me fais, mais Sir et JA-311 semblent beaucoup plus proches maintenant. On dit que ceux qui vivent de telles expériences en sont changés à tout jamais. Espérons seulement qu'ils ne le soient pas trop.

D'après Chame, nous allons chez Abok. Un corps médical devrait nous y attendre pour nous prodiguer des soins. Malgré cette perspective encourageante, à voir leurs pas pressés, quelque chose semble les inquiéter.

— Tout va bien, Jeff ? demandai-je, un peu inquiète.

— Oui, Adria, explique Jeff. Mais même avec ce casque sur la tête de votre ami, nous risquons d'être localisés. Nous devons rapidement le brancher sur le protecteur. C'est seulement avec cet ordinateur que nous serons certains de court-circuiter la transmission.

— Pourquoi ne pas utiliser vos engins pour nous déplacer? Nous arriverions plus vite, non?

— Crois-moi, Adria, ils n'attendent que ça. Toutes les routes doivent être surveillées en ce moment. Ces égouts sont encore la voie la plus sûre.

— C'est bien ce que disait Chame la dernière fois.

— Pardon?

— Euh… Je disais que c'était un bon choix.

Inquiète pour lui, je m'approche de Sir. Cependant, avec toute cette agitation, je ne peux discuter librement. Sir est sollicité de tous les côtés par la Résistance, qui espère lui arracher quelques détails utiles. Mais le pauvre Sir ne se rappelle de rien. Selon lui, il était inconscient la plupart du temps. En contrepartie, JA-311, lui, les bombarde de détails superflus comme les marques des balais de son placard, la couleur des tuiles du plancher et même la puissance électrique des lampes. Chose certaine, pour ceux qui l'écoutent, le voyage paraît très court. Malgré tout, la marche souterraine est rapide et sans rencontres désagréables.

À notre arrivée, le groupe est dirigé vers une grande salle aménagée en hôpital pour l'occasion. Les blessés les plus graves sont pris en charge immédiatement par un corps médical qui se montre des plus efficaces.

De l'autre côté de la salle, un petit groupe coordonné par Jeff entraîne Sir vers une autre pièce. Ils sont accueillis par Abok, qui les guide probablement vers l'endroit où est installé le protecteur.

Je m'apprête à les suivre lorsque Iref m'attrape par la main.

— Sœurette, laisse-le. Il est entre bonnes mains. Fais-toi plutôt soigner. Ta blessure me paraît assez sérieuse.

Effectivement, ce n'est pas très beau à voir. Le passage par les égouts n'a rien amélioré.

— Ne t'inquiète pas, Adria, s'exclame Chame sur sa lancée. Je vais y aller et je vous tiens informés.

— Si elle croit me rassurer, celle-là, murmurai-je.

— Adria !

— Je sais, je sais… Je fais des efforts.

✳ ✳ ✳ ✳ ✳

Cela fait déjà une éternité que Chame a traversé cette grande porte. Maintenant que j'ai une intraveineuse dans le bras, je ne peux plus me déplacer. J'aurais dû suivre ma première idée et y aller moi-même.

— Que fait Chame ? Pourquoi prend-elle autant de temps ?

— Calme-toi, Adria. Tiens ! Tu vas pouvoir lui demander toi-même, car justement, elle arrive. Tu es contente maintenant, la petite sœur ?

— Il était temps. Mais tout de même, il y a des limites !

Chame s'approche, quoique, à voir sa tête, quelque chose ne tourne pas rond.

— Salut mes amis. Voilà les nouvelles. La situation est sous contrôle maintenant.

— Maintenant!?

— Oui. Il y a eu quelques complications, mais maintenant tout est réglé. Je crois que vous avez oublié de nous mentionner que le cerveau de notre ami est légèrement différent de la moyenne des humains — n'est-ce pas? D'ailleurs, sans les informations données par JA-311, qui heureusement connaît très bien la biologie des elfes — j'ai bien dit ELFES —, les nouvelles seraient moins bonnes. D'ailleurs, plusieurs questions devront être éclaircies plus tard. Une chance qu'Abok, avec l'aide de JA-311, a pu reprogrammer les données. Remerciez JA, car sans lui, Sir y passait.

J'ai le cœur qui fait mille tours.

Chame reprend son souffle.

— Bref, voilà le déroulement des prochaines étapes : Sir est maintenant protégé. Les forces centrales ne peuvent plus nous retracer. Du moins, pas avec cette puce-là. Dans les heures qui vont suivre, Abok, accompagné de deux chirurgiens, pratiquera une intervention des plus risquées sur Sir. Ils vont lui enlever cette puce de la tête. Cette chirurgie devrait durer environ trois heures. Selon eux, tout devrait bien aller et Sir ne devrait pas avoir de séquelles permanentes. Toutefois, ils tiennent quand même à nous prévenir des risques de paralysie.

— De paralysie ?

Chame prend une autre grande respiration et continue son discours sans revenir sur ma dernière réplique.

— Après l'intervention, Abok va pouvoir analyser les données enregistrées par la puce et voir ce qu'on peut en tirer. Selon lui, nous risquons d'être surpris par les informations qu'elle contient. La dernière fois, nous avons recueilli toutes les conversations tenues en présence du sujet durant les derniers mois.

— Comme ça, ce n'est pas la première fois qu'une telle intervention est effectuée ? demandai-je d'un air soulagé.

— C'est la deuxième fois, répond Chame, un peu nerveuse.

— Que cela me rassure, dis-je sarcastiquement. Et tout s'est bien déroulé la première fois, n'est-ce pas ?

— Euh… Pas tout à fait, mais ce n'était pas pareil, lance Chame en détournant les yeux.

Je la foudroie du regard.

— Et maintenant, je dois y aller, conclut-elle, visiblement peu encline à s'étendre sur le sujet.

Chame repasse la grande porte d'un pas rapide. Je me tourne alors vers Iref, paniquée.

— Je le savais, frérot ! Sir va mourir et je ne peux rien faire !

Les larmes me montent aux yeux et je me mets à trembler. Iref saisit ma main et prend sa voix réconfortante, comme seul un membre de la famille peut faire dans ces circonstances.

— Ne t'en fais pas, Adria, tout ira bien, tu vas voir… Il est fort, notre grand frère.

Tiens, c'est la première fois qu'Iref utilise un terme familial pour parler de Sir…

❋ ❋ ❋ ❋ ❋

Environ cinq heures plus tard — un temps d'attente qui m'a paru interminable — nous sommes tous convoqués dans la grande salle bleue. La salle bleue est le lieu de rassemblement du groupe. Une dizaine de personnes s'y trouvent déjà. À notre arrivée, JA-311 grimpe sur mon épaule. Sans nous faire languir davantage, Jeff prend la parole.

— Je tiens d'abord à vous rassurer sur l'état de santé de Sir. Il a passé cette épreuve avec brio. Et croyez-moi, les chances n'étaient pas de notre côté.

Cette nouvelle me soulage au plus haut point.

— Puis-je aller le voir ? questionnai-je spontanément.

— Tantôt, Adria. Présentement, il se repose, mais je t'assure que tu le verras d'ici le souper.

Le chef laisse passer les quelques instants d'agitation suivant cette nouvelle, mais dès qu'il possède à nouveau l'attention, il reprend son discours :

— Nous avons analysé la puce. Nous y avons découvert l'ensemble des conversations qui ont eu lieu en présence de Sir, comprenant aussi, miraculeusement, celles tenues lorsqu'il était inconscient. Manifestement, nos opposants ne se doutaient pas de la possibilité qu'on ait accès à cette puce, sinon ils n'auraient pas été si bavards. Grâce à ces renseignements, nous savons maintenant qui est derrière cette opération.

— Et qui est-ce ? demande Iref, oubliant les bonnes manières et interrompant le discours.

— C'est un dénommé Trethor Fraden. Pour l'instant, nous ne trouvons aucune information sur ce type, mais on travaille là-dessus.

— C'est drôle Maman, murmure JA dans le creux de mon oreille. Dans son prénom, on retrouve Treth. C'est comme la marque de....

À ces mots, je n'écoute plus du tout le petit robot. Treth... Trethor Fraden. Je... J'ignore pourquoi, mais ça me dit fortement quelque chose. Je commence à peine à me creuser la tête que je ressens pendant une infime seconde la même douleur lancinante que lors de ma vision brouillée au dôme.

— Aïe !

Iref et quelques membres de la Résistance se tournent vers moi.

— Ça va, la sœurette ? C'est ton bras ?

— Non… Je…

Une image s'impose à mon esprit. L'image de quelque chose qui m'était complètement sorti de la tête.

Sous le regard interrogateur de mon grand frère, je mets la main dans ma poche, en sors le collier ninja neutralisateur de magie, et sans hésiter, je me le passe au cou.

J'ai l'impression que mon crâne se fissure sur toute sa surface et je pousse un cri de souffrance. Une ombre noire recouvre les visages surpris tournés vers moi.

Je me retrouve dans le salon de Della et Ébrisucto. Ce dernier se jette sur moi et me plaque une main couverte d'acide sur la gorge. Je ne peux pas me défendre, je suis épuisée et bizarrement vide. Alors que je sens ma peau carrément fondre sous les doigts de mon cousin et vois ma dernière heure venue, Della me sépare violemment de son frère et se place entre nous deux.

— Espèce d'idiot! Si tu la tues maintenant, comment va-t-on se débarrasser du corps, hein? Et je te rappelle qu'on a encore besoin d'elle. De plus, cela ne sert à rien de monter sur tes grands chevaux. Elle est épuisée et je viens de la droguer, elle ne peut pas aller bien loin.

Mon cou me brûle comme s'il était en feu. Je tente de me relever en m'appuyant sur un coude, mais ma tête tourne trop. C'était donc ça, l'arrière-goût du sirop protéiné. De l'eau noire…

Della se penche sur moi en affichant un sourire peiné :

— Désolée, ma chérie. Je comptais faire ami-ami avec toi et ton frère, vous empoisonner peu à peu et ainsi prendre votre place dans les voyages temporels afin d'accomplir notre mission. Malheureusement, maintenant que tu sais qui nous sommes, ce n'est plus possible. C'est dommage… Après cette journée, nous aurions vraiment pu devenir amies. Il va falloir dormir maintenant…

Della me plaque une main sur les yeux, tout mon corps s'engourdit et je sombre dans le sommeil.

Lorsque je me réveille, je suis alitée dans ce que je suppose être la chambre de Della. Mon corps refuse toujours de bouger, mais ma gorge semble guérie et je me sens reposée. Ma cousine est à mon chevet.

— Cela fait presque cinq jours que tu dors. Lève-toi! On a une rencontre avec le Conseil dans deux heures.

Contre ma volonté, mon corps se débarrasse des couvertures et je me lève.

— Mais… qu'est-ce qui m'arrive?

— Hypnose partielle, ma chérie. C'est mon pouvoir, et comme tu l'as vu, Ébrisucto lance de l'acide avec les mains.

— Que… qu'allez-vous faire de moi?

Della se passe la main dans les cheveux en soupirant. Je remarque alors que les contours d'un dragon vert dépassent de son bracelet qui, avant, cachait complètement son dragon noir. Elle a dû repasser sur son tatouage. Della m'aide à me changer et à me coiffer, tout en me donnant ses explications :

— Te tuer, on n'a plus le choix maintenant. Ne t'inquiète pas. Il te reste au moins quelques mois à vivre, le temps que l'on fabrique une nouvelle machine pour trois. Si on te tuait ici, on serait immédiate-ment pris et ce serait embêtant. Tu connais Trethor Fraden ? En l'an 3000, c'était l'homme le plus puissant sur Terre. Il contrôlait le commerce de la cybernétique, les forces centrales et... ah, non, c'est vrai, tu ne peux pas savoir, tu as tout fait pour ignorer tout de cette époque... Elle te fout la trouille. Voilà un autre truc à modifier si on veut que ça marche.

— Modifier ? Qu'est-ce que tu vas me faire ? demandai-je, paniquée.

— Oh, trois fois rien. Je vais modifier ta mémoire pour que tu ne te rappelles pas ce qui s'est passé avec nous, et pour que tu croies que ce voyage en l'an 3000, c'est ton idée. Je vais aussi devoir jouer avec tes sentiments. Te faire croire que tu ne détestes pas l'an 3000 à ce point. T'éloigner de ton frère et de Sir. Il faut éviter à tout prix qu'ils ne viennent avec nous et soient dans nos pattes pour ce que nous comptons faire. Mais j'ignore si ce sort va tenir, tu tiens tellement à eux… Enfin.

Encore une fois, mon corps obéit docilement à Della et à son commandement, et je retourne m'asseoir sur le lit. Elle me ferme les yeux, applique ses pouces sur mes paupières et ses doigts sur mes tempes.

— Ne m'en veux pas. Je n'ai pas le choix. Je suis désolée que ce soit tombé sur toi. Dans une autre version temporelle, peut-être seras-tu ma sœur. Ce serait bien.

J'ai l'impression qu'un pic de glace de la grosseur d'une brique me transperce le crâne.

Je reprends conscience dans les bras d'Iref, un collier brisé au cou. Je lui empoigne le bras et dit précipitamment :

— Les-jumeaux-dragons-noirs-voyage-
prétexte-me-tuer-Trethor-Fraden-
commerce-cybernétique !

Mon frère et le reste de la salle semblent douter de l'intégrité de ma santé
mentale. Je reprends mon souffle et murmure à l'oreille d'Iref :

— Je dois parler à Jeff ! Et à toi en privé :
ce sont Della et Ébrisucto les dragons noirs !

❈ ❈ ❈ ❈ ❈

Un peu plus tard, Jeff ordonne un rassemblement pour leur annoncer la bonne
nouvelle.

— Grâce à de nouveaux éléments
d'information apportés par Adria, nous
connaissons maintenant la véritable identité de Trethor Fraden.

Un brouhaha s'élève dans la salle. Et
Jeff rajoute :

— Et avec tous les détails recueillis par
JA-311, nous pouvons pratiquement
garantir l'emplacement de son laboratoire.

— À 96 % exactement, cri une petite voix au fond de la pièce, faisant sourire la salle.

Le chef, heureux et résolu, reprend ses encouragements.

— Eh bien, oui! Le jour tant attendu est à notre porte. Les amis, je vous annonce que c'est maintenant ou jamais. Bientôt, nous allons changer l'histoire…

La foule l'acclame.

Ses mots prennent tout leur sens à mes oreilles. S'il savait seulement à quel point ils vont la changer!

❄ ❄ ❄ ❄ ❄

Un peu avant le souper, alors que je vais retrouver Sir dans sa chambre, le cœur battant, j'intercepte une conversation colorée entre lui et JA-311. Bon, je ne devrais pas écouter, j'en suis consciente, mais c'est aussi à eux de ne pas parler si fort.

D'après ce que je comprends, JA-311 annonce à Sir qu'il a profité de l'interven-

tion pour lui faire installer le tout nouveau
modèle de la puce 34T5. Une puce permettant d'accentuer sa dextérité, ses réflexes
et sa force.

— Avec ça, Papa, tu seras de nouveau
respecté, dit-il.

Je perds quelques mots de la conversation ici et là. Toutefois, il me paraît qu'au
début, Sir est royalement en colère et répri-
mande JA. Mais après quelques minutes
d'échanges et de justifications de JA, Sir
semble plus ouvert à l'idée. Et maintenant,
il est sur le point de remercier le petit
robot de son initiative.

Je dois sûrement halluciner, me dis-je.
Non ! Non, ce n'est pas possible que Sir ait
décidé de devenir un monstre ! Surtout en
sachant ce que j'en pense.

Non, Adria ! Calme-toi et va leur
demander gentiment de quoi ils parlent.
Tu as sûrement mal compris. Oui, oui,
c'est ça, va leur parler gentiment.

J'entre donc dans la chambre de Sir. Je
ne sais pas si c'est le claquement de la

porte sur le mur du fond ou bien les deux bibelots que j'ai fait tomber en hurlant, mais JA-311 se précipite sous le lit en tremblant comme une feuille.

— Quoi ! Ai-je bien compris ? Tu vas te faire implanter une puce dans la tête ?

— En fait… c'est déjà fait. Mais Adria, ce n'est pas moi qui l'aie fait installer.

— D'accord, je vois. Je vais donc, de ce pas, demander au chef de te la faire enlever.

— Attends, Adria ! Ce n'est pas aussi simple.

— Quoi, tu n'es pas en train de me dire que tu veux garder cette chose ? Tu sais ce que j'en pense ?

— Heu… En fait, Adria, ce n'est pas ce que tu penses.

Sir n'a pas besoin de répondre à ma question, je vois bien dans ses yeux qu'il a pris la décision de conserver cette puce. La larme à l'œil, sans prendre le temps d'écouter ses explications, je me retourne et je repars à la course, bousculant Iref au passage, alors qu'il arrivait avec un plateau-repas pour Sir.

CHAPITRE 9

FRICTION, FLAMME ET FAMILLE

Je suis dans une colère noire contre Sir! On ne se fait pas retirer une puce de la tête pour s'en faire remettre une autre! Vraiment, ça me dépasse. Bon d'accord, il n'était pas au courant qu'on allait la remplacer, mais qu'il veuille la garder, c'est ça que je ne comprends pas. Son corps n'est pas fait pour une telle puissance, il y aura nécessairement des conséquences.

Peut-être qu'un jour il se réveillera et ne pourra plus bouger. Bien fait! L'idiot!

Je me dirige vers le dortoir sous les regards surpris des quelques membres de la Résistance qui croisent mon chemin. Mais je crois qu'ils sont plus préoccupés par la soudaine baisse de température que par moi directement.

Une fois au dortoir, j'ouvre la porte à la volée. Il est heureusement vide. Je vais finir par croire qu'il nous est réservé.

Je vais me rouler en boule, un oreiller dans les bras, sur le lit le plus éloigné de la porte. Je regarde le mur, rageuse, et les larmes me montent aux yeux. Je venais à peine d'apprendre que je m'étais fait manipuler, séquestrer et empoisonner par des membres de ma famille en lesquels j'avais confiance, et maintenant, c'est Sir qui plonge dans la cybernétique.

— Adria?

Sir m'a suivi et entrebâille la porte. Le courant d'air glacé qui traverse la pièce devrait lui faire comprendre que je ne veux pas le voir. Il aurait dû rester couché, l'imbécile ! Il n'est sans doute pas encore en état. Pourtant, il insiste :

— Adria… Je ne comprends pas pourquoi tu m'en veux…

— Dégage, si tu ne veux pas finir en glaçon !

Malgré le froid et mes menaces, je l'entends s'introduire dans la pièce et s'arrêter près du lit. Je ne me retourne pas. Je ne veux pas lui donner cette satisfaction.

— Adria… Il faut qu'on se parle…

La température de la salle chute encore de plusieurs degrés et de forts vents se mettent à souffler.

— J'ai déjà dit ce que j'avais à dire ! Laisse-moi !

— Adria… Je t'en prie… Parle-moi…

Il met une main frigorifiée sur mon épaule. Je me raidis sur le lit et ma réfrigération baisse d'un cran. Je serre les poings et tremble de rage.

— Va-t'en !

Je sens qu'il s'assoit à côté de moi.

— Je ne partirai pas; et j'endurerai cette température de chien toute la nuit s'il le faut! Adria... Je t'en prie... Dis-moi ce que j'ai fait. C'est cette puce qui...

— Pourquoi...

La question qui a failli m'échapper meurt entre mes lèvres. Je m'enfonce la tête dans l'oreiller.

— Pourquoi je veux garder cette puce dans ma tête? C'est ça que tu veux ? C'est ça qui t'énerve à ce point?

Je ne réponds pas.

— Adria... Je ne dis pas, si c'était à toi qu'on avait inséré une nouvelle puce sans autorisation, mais là, c'est à moi et je veux la garder. Je suis plus fort grâce à elle. Toi et ton frère n'aurez plus à me protéger désormais. Je peux me défendre seul. Avec un peu de chance, je pourrai même te protéger, toi.

— Je ne veux pas de ta protection!

Je me suis redressée. À genoux sur le lit, j'empoigne le col de Sir à deux mains. Des larmes de rage embrouillent ma vue, et plus ou moins volontairement, je fais de nouveau chuter la température. Les quelques carafes contenant de l'eau sur les tables de chevet sont maintenant pleines de glace. Sir, lui, reste impassible, me regardant droit dans les yeux. Il ne tremble même pas malgré le froid ambiant. Ma respiration saccadée lui envoie de la buée au visage.

— Mais par la grande forêt, Adria… Qu'est-ce qui t'énerve à ce point ? Je ne comprends pas. C'est mon corps, je…

— ESPÈCE D'IDIOT ! TU VIENS DU MOYEN ÂGE ! TU N'AS AUCUNE IDÉE DES CONSÉQUENCES DE L'IMPLANTATION D'UN TEL DISPOSITIF DANS TON CORPS ! SI TON CERVEAU BLOQUAIT DE TELLES COMPÉTENCES AVANT, C'EST PARCE QUE TON CORPS N'EST PAS FAIT POUR LES SUPPORTER ! D'ICI QUELQUES MOIS, TU POURRAIS TE RETROUVER COMPLÈTEMENT PARALYSÉ ! VOILÀ POURQUOI JE SUIS EN ROGNE ! PARCE QU'IL Y A DE GRANDES CHANCES POUR QUE TU TE

METTES À DÉPÉRIR DEVANT MES YEUX ! JE VIENS DE PASSER LES PIRES HEURES DE MA VIE À ME DEMANDER SI TU ALLAIS SURVIVRE OU NON À TA FOUTUE OPÉRATION POUR RETIRER TA PUCE ! ET LÀ TU ME DIS QUE TU EN AS UNE AUTRE ? JE REFUSE DE REVIVRE ÇA ! JE N'AI PAS FAIT L'EFFORT DE VENIR TE SAUVER DANS LE PASSÉ POUR TE VOIR CLOUÉ AU LIT LE RESTE DE TES JOURS — OU PIRE ENCORE !

Sir a l'air légèrement ébranlé par mes paroles. Il réfléchit quelques instants.

— Tant pis. Je vais courir le risque. Du moins, tant que durera ta mission. Je…

— IMBÉCILE ! CE N'EST PAS UN RISQUE À PRENDRE ! LA PARALYSIE N'EST QU'UN DES RISQUES ! TU PEUX CARRÉMENT Y PASSER ! ET SI LA PUCE SE BRISAIT ET QUE TU TE METTAIS À MUTER, HEIN ? POURQUOI, SIR, POURQUOI PRENDS-TU AUTANT DE RISQUES ?

Alors que je reprends ma respiration, toujours impassible, il me répond :

— Tu veux vraiment le savoir ?

Son ton me prend complètement au dépourvu. Je suis tellement décontenancée que je relâche légèrement la prise que j'ai sur son manteau. Grâce à ses nouveaux réflexes, il en profite pour me faire complètement lâcher prise et me plaquer les bras le long du corps. Subitement déséquilibrée, je tombe sur le dos. Sir attend que je me redresse, puis il se déplace un peu sur le lit afin de s'approcher de moi. Sans que je sache pourquoi, mon pouls s'accélère.

— Tu veux vraiment le savoir ? me répète-t-il. Tu ne le devines pas déjà ?

Ses iris couleur de feu brûlent d'une façon qui m'était jusqu'alors inconnue. Je n'ose pas bouger. De sa main, il déplace délicatement une mèche de mes cheveux pour me dégager le visage, puis il laisse sa paume sur ma joue et ses doigts dans mes cheveux. Son regard est doux et sa peau est plus chaude que tout à l'heure. Je me rends alors compte que la pièce a retrouvé une température normale.

— Adria… Je veux te protéger, de mon corps comme de mon âme. Je veux que tu sois heureuse, je ne veux plus que tu aies à t'inquiéter pour moi. Et par-dessus tout, je te veux toi, Adria. Parce que je t'aime. Et je crois que c'est le cas pour toi aussi.

Il se penche délicatement sur moi et unit nos lèvres.

Je suis complètement paralysée. Raide comme une corde d'arc, je ne sais comment réagir. Sir est en train de m'embrasser ? On m'a fait respirer des gaz hallucinogènes ou quoi ? C'est la puce qu'il a au cerveau qui lui embrouille l'esprit ou quoi ? Je rêve ou quoi ?

Tremblante, je n'arrive plus à réfléchir. Mon cœur bat tellement fort qu'il me fait mal. Sir a trois cent vingt ans. Il vient d'une autre époque. C'est un elfe. Il lui reste au moins six cents ans à vivre. On est trop différents. On ne peut pas s'aimer. C'est impossible. Impossible… Impossible… Impos…

Cessant mes réflexions, je me laisse aller. Fermant les yeux, je passe mes bras autour du cou de l'elfe. Sir sent tomber ma résistance et glisse sa main derrière ma tête, posant l'autre dans le bas de mon dos. J'ai la tête qui tourne. Des sensations inconnues se mêlent en moi. À la fois puissantes et douces, merveilleuses et indescriptibles.

À qui est-ce que j'essaie de mentir ? J'aime Sir de tout mon cœur. J'ai commencé à m'en rendre compte lors de notre première séparation, après la quête du dragon d'or. Mais je n'ai jamais pu me l'avouer. Et là, il m'annonce qu'il partage mes sentiments… Alors pourquoi devrais-je hésiter ? Oui. Pourquoi ?

Lorsque nous nous séparons, j'ai la respiration saccadée. Sir me presse tendrement contre lui et murmure :

— J'ai compris que je t'aimais lorsque tu es retournée à ton époque après notre première quête. Au début, je ne comprenais pas, mais je me suis vite rendu compte de la vérité. Quand tu es revenue, je ne le croyais pas. Mais maintenant, je n'en peux plus Adria… Ce que j'ai vécu ces derniers jours m'a fait comprendre des tas de choses. Je ne veux plus jamais être séparé de toi et je ne veux plus que tu aies à t'inquiéter pour moi. J'ai désormais la chance de pouvoir te protéger, et c'est ce que je compte faire.

Les larmes me montent aux yeux. Ma tête arrive à la hauteur de son torse ; son cœur bat tellement fort qu'il semble vouloir s'échapper de sa prison de chair. Je prends l'une des mains de l'elfe et la mets sur mon propre cœur, pour qu'il puisse lui aussi entendre la clameur furieuse qui s'échappe de ma poitrine.

— C'est exactement la même chose pour moi Sir… Je t'aime ! Depuis longtemps ! Mais on est trop différents, je n'osais pas me l'avouer. J'ignore où ça va nous mener, mais…

Il m'embrasse de nouveau, pour m'obliger à me taire. Je me sens molle comme un vieux chiffon. Nos lèvres se séparent et Sir me caresse le visage du revers d'une main.

— On n'a pas à y penser, tu sais. Ce qui sera, sera. Profitons du moment présent.

Il a raison. La situation actuelle est déjà assez compliquée comme ça. On en reparlera une fois au dôme. Je m'installe en biais sur ses genoux et appuie ma tête sur son torse. Il s'adosse au mur, passe son bras sur mes épaules et entremêle nos doigts de son autre main.

Nous restons ainsi collés l'un contre l'autre pendant je ne sais combien de temps. Une heure, une minute… Impossible à dire. Sir dépose de temps à autre un léger baiser sur ma tête. Je me sens tellement bien dans ses bras. Je pourrais y dormir jusqu'à la fin des temps.

Ou du moins, jusqu'à ce que les circonstances de notre premier baiser me reviennent en tête.

— Sir ?

— Oui ?

— Promets-moi une chose.

— La Terre, la Lune et les étoiles…

— Non, gros nigaud. Promets-moi que quand nous retournerons à mon époque, tu te feras examiner afin qu'on découvre quel impact cette puce aura sur ton organisme. Et si c'est trop dangereux… Promets-moi que tu vas te la faire enlever. Je t'en prie.

Je sens Sir se crisper. Il n'est visiblement pas ravi par l'idée. Je tourne sa tête de ma main libre pour le forcer à me regarder dans les yeux.

— S'il te plaît… Je comprends que tu veuilles plus de pouvoir pour parvenir à me protéger et pour que je cesse de m'inquiéter. Quand je songe à la position dans laquelle tu te trouves, entre moi et Iref qui avons des pouvoirs sur les éléments, et à tous les atouts que tu as perdus en me suivant : ton flair de pisteur, ton habileté à l'arc, tes connaissances sur la nature… Tout ça ne te sert plus à rien. Alors, je comprends tout à fait que tu cherches une manière d'augmenter ta puissance. Mais quitte à ce que tu me protèges, laisse-moi te protéger de toi-même. Cette puce pourrait te mener à ta perte. Je ne cesserais alors jamais de m'en vouloir. On pourra toujours chercher un autre moyen de te rendre plus fort. Un exosquelette électromécanique, par exemple…

Je lève la tête et dépose un léger baiser sur ses lèvres bleues. Je suis parfaitement consciente que c'est une sorte de chantage : j'utilise notre amour nouvellement déclaré à mon avantage, mais je le fais pour son bien. Sir appuie sa tête cerclée de bandages sur la mienne, soupire, et accepte dans un souffle. Pour le remercier, je l'embrasse plus ardemment, entrouvrant même légèrement les lèvres, avant de retourner me creuser un nid contre sa poitrine. Après quelques minutes, il murmure :

— Tu te souviens, lorsque l'on s'est rencontrés ?

— Oui… C'était juste avant que l'on apprenne en quoi consistait la première quête.

— La Lune se reflétait dans tes cheveux noirs et le feu dans tes yeux. Tu étais tellement belle… Tu ne parlais à personne. Pas même aux autres humains, dont je croyais alors que tu faisais partie. Tu semblais complètement perdue. J'ai immédiatement voulu parler avec toi. Tu m'intriguais. Je ne crois pas que l'on puisse parler de coup de foudre, mais… J'ai tout de suite su que quelque chose de spécial m'attirait vers toi. D'ordinaire, je ne me mêlais même pas aux autres elfes, alors une humaine… Et là, Mog est venu tout gâcher.

Je laisse échapper un petit rire. En effet… Ce bon vieux Mogar s'était montré et m'avait forcée à jouer les médiatrices.

— Il me manque quand même, celui-là…

— À moi aussi. Et puis, il a été remplacé par Sohei…

— « Remplacé » est un bien grand mot. Maintenant que j'y songe… Tu n'étais pas jaloux de Sohei, par hasard ?

— Ça dépend… Toi, n'es-tu pas jalouse de Chame, par hasard ? me demande-t-il avec son regard malicieux.

Je vire au rouge.

— Je crois qu'il vaut mieux laisser tomber la question.

— Je suis d'accord.

— Mais en parlant de ça. N'as-tu pas l'impression que tout le monde savait comment ça allait finir pour nous deux… sauf nous ?

En disant cela, je pense aux propos de Della, Iref, Chame et JA-311. Et même à cet aubergiste asiatique qui nous avait donné une chambre pour deux.

— En effet. Tout le monde semblait le voir. Mais nous, nous nous bandions les yeux.

— Ouais… Qu'est-ce que ça va être quand on va leur annoncer ?

— Je te parie cinq pièces d'or qu'ils vont rire sous cape.

— Ça va être pénible… Quelqu'un vient.

Je redresse la tête. J'entends distinctement des pas se rapprocher.

— Sir? Adria? Ça fait une heure que je vous cherche. Vous êtes là? Y'a pas de mort? Vous…

Quand Iref ouvre la porte et me voit sur les genoux de Sir, les doigts mêlés aux siens, il se fige un moment, puis affiche un grand sourire.

— Bon… Puisqu'il n'y a pas de casse et que vous vous êtes réconciliés, je crois que je vais y aller, moi. Faites comme si je n'étais pas passé, OK? Salut.

Il repart en fermant la porte. Sir et moi nous regardons, puis éclatons de rire.

— Pénible, tu disais?

— Un cauchemar, oui! répondis-je, hilare.

Une fois calmée, j'appuie de nouveau ma tête sur son épaule et ferme les yeux avec l'envie de m'endormir. Les émotions de la journée m'ont complètement vidée. Mais quelques minutes plus tard, je reconnais les petits pas métalliques qui accourent. Entrouvrant les paupières, je vois JA-311 passer la porte du dortoir et se diriger vers nous. «Tonton» Iref a dû lui dire où nous étions. Le petit robot se hisse tant bien que mal sur le lit et vient se faufiler entre moi et Sir. Voyant que je l'observe, il me regarde avec ses grands yeux bleus et me demande :

— Maman n'est plus fâchée ?

Je caresse sa tête métallique de ma main libre et réponds :

— Non, JA. Ça va mieux.

Le nez du robot clignote de joie et il se blottit entre moi et l'elfe. Alors que je regarde Sir, qui sourit lui aussi à JA-311, je me dis que nous sommes la famille la moins conventionnelle que je connaisse...

CHAPITRE 10
LA FIN D'UNE ÉPOQUE

LORSQUE JE ME RÉVEILLE LE LENDEMAIN, UNE surprise m'attend : j'ai dormis dans les bras de Sir ! Après l'arrivée du petit JA-311, j'ai dû reposer ma tête sur son épaule et m'assoupir pour de bon ; je devais vraiment être épuisée.

— Bien dormi ?

Je relève la tête. Sir me regarde tendrement.

— Ou… oui. Mais pauvre toi ! Je suis désolée ! Tu as dû passer une nuit horrible, je…

— Au contraire. Je n'ai jamais si bien dormi.

Il se penche et appuie son front sur le mien.

— Vraiment… Tu n'as pas à t'en faire avec ça.

Je ferme les yeux et me détends un peu. Moi aussi, je crois n'avoir jamais si bien dormi. Un bruit de couverture froissée et un ricanement me font tourner la tête vers le lit d'en face.

Iref vient apparemment de se réveiller, lui aussi. Il nous regarde avec son large sourire de grand frère moqueur que je déteste.

— Bien dormi les amoureux ?

Nous préférons ne pas répondre. Il se lève et enfile sa veste de cuir et ses bottes.

— Prêts à casser du dragon noir ? reprend-il.

— Du dragon noir ? demande Sir. À cette époque ?

Sir a l'air complètement perdu. Je me rends alors compte qu'il n'a pas été mis au courant des dernières découvertes. Iref lui raconte ce que nous avons découvert durant sa convalescence et le plan d'attaque de la journée. À la mention de ce que sont Della et Ébrisucto, Sir me lance un regard désolé.

Je m'arrache tranquillement aux bras de l'elfe. J'ai encore du mal à croire ce que les jumeaux m'ont fait. Même avant qu'on m'hypnotise, je me sentais vraiment proche de Della. On était rapidement devenue amie et même si elle avait le projet de m'empoissonner, je pense que j'aurais préféré tout ignorer. Ou du moins, ne pas être celle qui se serait aperçu de ce qu'ils manigançaient. Je me sens trahie et profondément blessée.

L'elfe suit mon mouvement et me prend par la main. Ce genre de contact me mettait dans un tel état auparavant... Mais maintenant, il me parait tout naturel. Quasiment essentiel.

— Bon. L'attaque est prévue pour midi et il est dix heures. Allons voir Jeff. Il a peut-être du nouveau.

Après une vingtaine de minutes, nous trouvons Jeff dans la cuisine en train de boire un café avec ses principaux subordonnés, y compris, malheureusement, Chame. Près d'elle se trouve également un homme que je n'avais jamais vu avant : il est grand, bien bâti, a un visage bienveillant et des cheveux noirs coupé courts. Abok est assis à une table avec un ordinateur portable et JA-311 qui semble au cœur d'un récit abracadabrant. Dès que le petit robot nous aperçoit, il saute en bas de la table et court vers nous.

— Pa ! Ma ! Tonton !

Alors que le robot grimpe comme un petit singe sur les épaules de Sir, Chame nous lance des barres de céréales avec un grand sourire, mais ne fait aucun commentaire sur le fait que Sir et moi nous tenons la main. Iref a dû bavasser.

Nous nous approchons du rassemblement principal. Le nouveau tourne ses yeux vers moi. Ils sont d'un beau bleu océan. J'ai cru un instant qu'il voulait parler, mais Jeff est plus rapide.

— Bon. Parlons sérieusement. Depuis que nous savons que Trethor Fraden est le chef des forces centrales et le PDG de l'industrie de cybernétique, Abok a forcé leurs ordinateurs et découvert que le siège social de l'industrie cybernétique est carrément le cartier général des forces centrales! Depuis le temps qu'on le cherche ! Je n'aurais jamais cru. Bref, nous allons déployer la totalité de nos forces sur…

— Hé Maman! Maman! Viens, je veux te montrer un truc!

JA-311 a sauté de l'épaule de Sir à la mienne et m'empêche d'entendre le reste du discours de Jeff. Bah… Tant pis ! Apparemment, il n'a rien de nouveau à m'apprendre. Autant aller voir ce que me veut mon petit robot. Il saute sur le sol, attrape ma main entre ses petits doigts et me traîne jusqu'à Abok.

— C'est moi qui l'a aidé à trouver tout ça! ajoute-t-il en pointant l'ordinateur.

Je jette un coup d'œil à l'écran où Abok fait défiler les fichiers à une vitesse folle. Avec son immense savoir dû à sa possibilité d'accéder à d'énormes banques de données, j'oublie parfois que JA-311 est un enfant qui a besoin d'encouragement. Je veux le féliciter pour ses efforts, quand Abok ouvre un fichier photo.

— QUOI?

Je me jette sur le portable, bousculant du même coup Abok qui tombe en bas de sa chaise. Les yeux rivés sur l'écran, je ne peux en détacher mon regard.

— Par tous les dragons! C'est quoi cette blague? Qu'est-ce que ça veut dire?

— Bon sang, la sœurette! C'est moi ou ces temps-ci tu aimes accaparer l'attention? C'est quoi cette fois? Une autre vision?

Les mains tremblantes, je tourne l'ordinateur vers Sir, Iref, Chame et Jeff qui se sont rapprochés. Mon frère et l'elfe se figent dans la même attitude de stupeur que moi.

— Par le feu des enfers!

— Par la grande forêt!

— Mais… Qu'avez-vous tous? demande Jeff en nous dévisageant. Ce n'est qu'une photo de notre cible; le siège social de la compagnie cybernétique…

À l'écran se profile l'imposante structure métallique du siège social de la compagnie de biocybernétique, qui est aussi le quartier général des forces centrales. C'est une immense tour à bureau semblable à toutes celles qui l'encadrent, mais à un détail près : elle aborde un énorme logo noir et orange qui n'est rien de moins que le sceau des dragons noirs.

Le «D» avec le serpent, l'éclair, la couronne et l'œil. Ce même symbole qui était sculpté dans la pierre, dans l'antre du dragon noir. Nous savions pertinemment que les cousins travaillaient avec les forces centrales, mais selon le bref historique qui accompagne la photo, ils utilisent ce logo depuis des années. Alors quelle est la véritable implication des dragons noirs dans cette histoire ? Serait-ce possible que les jumeaux se soient mis sous la protection d'un de leurs ancêtres ?

J'ai peur maintenant que cette histoire nous dépasse encore plus que ce que nous croyions. J'ai peur que ce Trethor Fraden soit beaucoup plus lié avec les dragons noirs que ce que nous pensions. J'ai peur de voir jusqu'où toute cette histoire va finir par nous mener…

※ ※ ※ ※ ※

Derrière nous, en légion serrée, la Résistance au grand complet se tient au garde à vous. Nous sommes en première ligne avec Jeff, Chame et Mike. Devant nous, à une centaine de mètres, s'étendent les forces centrales, Della et Ébrisucto sont à leur tête.

Je sers très fort la main de Sir dans la mienne, JA-311 est dans mon autre bras.

— Ma... Ton pouls est très élevé. Tu es angoissée. Tu es sûre que ça va bien ?

Bien que je ne réponde pas au robot, j'ai en effet un très mauvais pressentiment qui me serre le cœur et m'empêche de réfléchir.

— Les deux unités remarquées plus tôt se dirigent vers nous ! s'exclame tout à coup Mike. Elles arborent un drapeau vert ; signe démontrant leur volonté de parlementer. Je confirme ce que j'avais déjà dit, ils ont les yeux rouges, comme Iref et Sir !

Encore des yeux naturellement rouges. Suis-je la seule dans le coin qui arrive d'une autre époque avec des yeux d'une couleur quasi ordinaire ?

— Ce sont eux, les cousins dont vous nous avez parlé ? me demande Jeff. Ceux qui sont aussi magiciens ?

— Oui. Et c'est probablement à nous qu'ils voudront parler. Par précaution, ne regardez jamais la fille dans les yeux et ne la laissez vous toucher sous aucun prétexte ! Gardez aussi un œil sur les mains du garçon.

— Ok, merci pour les conseils Adria. Ils sont à mi-chemin, c'est à nous d'avancer. Les trois nouveaux et Chame, vous venez avec moi ! Mike, tu nous couvres au cas où…

— Ok !

Nous nous éloignons de la proximité rassurante des milliers d'hommes armés et en attente d'instructions pour avancer en terrain découvert. À peine sommes-nous arrivés à leur hauteur que Della s'adresse immédiatement à moi :

— Bonjour ma chérie ! Surprise de nous voir ici ?

— N… Non. Ton sort a été brisé ! Je me souviens de tout maintenant.

Elle affiche un large sourire :

— Je me doutais bien que ça finirait comme ça. Quand tu m'as dis que tu apportais cette amulette neutralisatrice ninja, je sentais bien qu'inconsciemment, tu te doutais déjà de quelque chose. De toute façon, il fallait que le sort tienne jusqu'au départ, après, il pouvait bien se briser, ce n'est pas ça qui m'énervait. Ah? Vous vous tenez par la main? Et ça, ce n'est pas un robot familial? Oh! C'est trop chou! Vous êtes ensemble maintenant? Tu vois Bri? Je t'avais bien dit qu'ils étaient faits l'un pour l'autre ces deux-là!

Ébrisucto ne réagit pas le moins du monde au discours de sa sœur. Il reste là, les mains dans le dos, ses yeux observant attentivement Iref et Jeff. Ce dernier ne semble pas très à l'aise par la tournure que prend la conversation. Il devait s'attendre à une discussion de stratégie, reddition et attaque, pas à du bavardage de filles. Je sens la main de Sir vouloir se détacher de la mienne, mais je maintiens ma prise.

— Oui, on est ensemble. Ça te pose un problème?

— Allons! Ne prend pas ce ton agressif avec moi, veux-tu? On a beau ne pas être de la même race, on est encore de la même famille, ma chère. Et c'est justement pour ça que nous vous invitons à venir parlementer plus confortablement dans le bureau de papy. Il meurt d'envie de rencontrer la petite protégée du dragon d'or, tu sais…

— Pa… papy ? demandai-je, sonnée.

— Papy : nom affectueux donné par les enfants à leur grand-père. Par exemple, le papa de mon papa est mon papy ! Tu comprends maman ?

— Tais-toi JA ! murmure Sir.

— Trethor Fraden est notre arrière-grand-père, continue Della, un large sourire aux lèvres. Et contrairement à nous quatre, il n'a pas la moindre goutte de sang humain corrompue dans les veines, si tu vois ce que je veux dire.

Jeff et Chame semblent perdus ; ils regardent la couleur quitter nos visages avec un malaise non dissimulé. Della était-elle en train de nous dire qu'un pur dragon se trouve à cette époque ? Ici, à quelques battements d'ailes de nous ?

— Tu sais… il y a longtemps qu'il ne s'est pas dégourdi un peu. À cette époque, un dragon, ça se remarque. Mais pourquoi ne sortirait-il pas aujourd'hui? Après tout, vous avez fait de beaux dégâts chez ses hommes et s'il prenait le plat de «Résistance» à leur place, je ne crois pas que ce serait pour leur déplaire. Mais ce serait tellement injuste, non? Après tout, que peuvent les hommes contre une pluie d'acide…

— Viens-en aux faits! crache Iref. Tu nous tiens! Que veux-tu?

Elle fait un large geste vers l'armée des forces centrales qui s'écarte pour laisser un passage jusqu'à la porte d'entrée du bâtiment.

— Voilà ce que je veux : que vous veniez docilement vous présenter à grand-père. Bri et moi viendrons avec vous, alors bien qu'ils aient ordre d'attendre notre retour pour attaquer, s'il y a altercation, ils seront à armes égales. Pas de descendants des dragons pour pimenter la bataille. Mais surtout, pas de dragon non plus. Vous décidez?

— Jeff, Chame… articule Iref les dents serrées. Je ne sais pas si on peut leur faire confiance quand ils disent qu'ils n'attaqueront pas, mais ce que je sais, c'est que si nous n'y allons pas, nous allons sérieusement nous retrouver en position de faiblesse. Vous devez retourner là-bas et vous préparer à tout. Si on survit à ça, on vous expliquera plus tard.

Jeff est un bon gars, mais il semble être habitué de donner les ordres et surtout d'être en contrôle de la situation. Il hésite à partir.

— Viens, lui murmure Chame. Tout ça ne me dit rien qui vaille et nous dépasse. J'ai bien l'impression que l'on doit s'en remettre à eux.

Chame doit le tirer par la manche pour qu'il se décide à nous tourner le dos. Pour une fois, je l'approuve.

— Ok. On vous fait confiance, mais vous nous devrez de sacrées explications après ça, conclut Jeff en s'éloignant.

Ils partent. Della ouvre la voie et Ébrisucto se place derrière nous. Je sers fortement JA-311 contre moi; même lui ne paraît pas rassuré, il tremblote légèrement. Quand nous traversons la haie d'honneur des soldats des forces centrales, la poigne réconfortante de Sir quitte ma paume pour se déplacer sur mes épaules.

— J'ai peur, lui dis-je dans un souffle.

— Ne t'en fais pas, Adria. Tu n'es pas la seule…

Tiens, encore l'humour d'elfe pour essayer de détendre la situation. Je ne lui dis pas que c'est raté.

Nous traversons un hall désert avant de rentrer dans un ascenseur disproportionné qui nous amène au dernier étage de la tour. Della se tasse sur le côté pour nous laisser passer.

Le bureau de Trethor Fraden doit prendre l'étage en entier et au moins six autres étages de haut. Deux des quatre murs sont d'immenses fenêtres qui donnent sur la ville. Le plancher est renforcé de pierres et le maigre mobilier est constitué d'un énorme bureau et d'une chaise assortie. Deux bibliothèques sont appuyées sur le mur de derrière et trois chaises font face au siège du patron. L'unique décoration de ce grand espace quasi vide est la gigantesque draperie ornée du logo de la compagnie qui pare le mur du fond.

Trethor Fraden est debout au centre de la salle. C'est un homme musclé, de grande taille, aux longs cheveux noirs et aux yeux rouges. Il est animé d'une sorte de beauté sauvage qui se remarque aussi chez les jumeaux. La seule pensée qu'il peut se transformer à tout moment en un puissant dragon me terrifie. C'est une attente encore pire que s'il avait déjà revêtu sa forme d'origine. Dès que nous sommes près de lui, il me tend la main.

— Adria, la fille aux deux dragons, je présume ?

J'hésite un peu, mais je finis par lui tendre ma paume. Mieux vaut ne pas offusquer le maître des lieux. Dès qu'il a ma main dans la sienne, un horrible craquement se fait entendre et je lâche JA-311 en tombant à genou, les larmes aux yeux, serrant les dents pour éviter de crier. Il vient de me broyer les os.

— Voilà pour avoir tuer mon frère, sale métis ! Le dragon d'or ne te sauvera pas aujourd'hui !

Il lâche mon bras. Une ambiance glacée plane maintenant dans la salle. Je ramène mon membre blessé sur mon cœur. Il se couvre d'une épaisse croûte de glace qui lui servira de plâtre. Fraden se tourne vers Sir qui s'est accroupi près de moi.

— Un elfe noir ! Il y a tellement longtemps. Je n'en avais plus vu depuis la grande pandémie elfique en 1507. Bienvenue en l'an 3000 !

Il lui tend une main qu'il ignore. Le dragon finit par se tourner vers Iref.

— Alors, vous, vous êtes Iref, c'est ça ? Dragon de feu, n'est-ce pas ? On en est à son baptême temporel ? J'espère avoir le mien bientôt, mes arrières-petits-enfants viennent de terminer ma machine…

— Qu… quoi ? balbutie Iref.

— Ce sera beaucoup plus simple d'aller éliminer les ennemis des dragons noirs dans le temps à partir d'ici que du dôme, avec toute cette surveillance, explique Della le sourire aux lèvres. En plus, avec un véritable dragon avec nous, le chargement s'effectue en moins de deux ! Tu sais, ma chérie, si nous avons tout fait pour venir précisément à cette époque, ce n'est pas uniquement pour que ton meurtre passe inaperçu dans une ère aussi violente. Tu vois… Il y a de nombreux avantages. En parlant de ça, désolée de ne pas avoir abrégé vos souffrances dès notre arrivée. Pour éviter de nous retrouver endormis nous aussi, nous avions calibré nos habitacles à un autre niveau, en plus d'avoir mis de la drogue dans votre ass-molite. Malheureusement, ça a aussi créé un décalage dans la position géographique d'arrivée et le temps de vous retrouver, une petite pimbêche vous avait déjà embarqué derrière sa moto et filait vers la ville. Après, nous sommes directement allés voir papy. On se doutait bien que vous finiriez par venir par ici. Ne serait-ce qu'à cause de notre sceau. Au moins, tout ça t'aura permis de trouver l'amour avant de mourir, ma chérie. Ha, ha, ha !

Ça alors… Nous devions la vie à Chame.

— Bon… dis Trethor Fraden en se dirigeant vers son siège. Et si on en finissait ? Je commence à m'ennuyer et cela doit bien faire deux mille ans que j'attends de venger mon frère. Ne soyez pas trop tendre, les enfants ! Je veux un bon spectacle !

— Ne t'inquiète pas pour ça, grand-père. Ce n'est pas notre genre. Surtout pas le tien, hein, Bri ?

Nous nous mettons tous les trois en position de défense en reculant un peu. JA grimpe se réfugier sur l'épaule de Sir. Il ne dit plus rien depuis que son père l'a enjoint de se taire et le silence du robot commence presque à me peser.

— Adria, tu es blessée, me dit ce dernier. Rentre au dôme avec le médaillon, Iref et moi, on se charge d'eux et on revient !

— Oh là là… lance Della. Tu as beau être son petit copain, tu ne connais vraiment pas bien ma cousine, toi ! De toute façon, vous pouvez bien essayer, ça ne marchera pas. Vos médaillons n'ont jamais été chargés. Hé ! Ne faites pas ces têtes. À quoi pensiez-vous ? Nous nous sommes donnés pour mission de vous tuer à cette époque. On ne pouvait pas prendre le risque que vous retourniez au dôme ! Bon, assez parlé Bri, ta main s'il te plaît…

Je ravale ma salive et serre les dents. Nous sommes acculés, sans moyen de fuir. La seule issue est l'ascenseur, mais ça nous mènerait à quoi ? Nous nous retrouverions face à des milliers d'hommes armés jusqu'aux dents, modifiés par la cybernétique, peut-être même à un dragon en colère descendant du ciel, et ça, c'était s'ils n'avaient pas la présence d'esprit de couper les câbles de l'élévateur quand nous nous y trouverions.

Ébrisucto tend la main à sa sœur qui la saisit. Quasiment aussitôt, une onde étrange traverse la pièce. J'ai le tournis, mais je sens que l'attaque n'était pas dirigée contre moi.

— Mais Papa, qu'est-ce que tu…

Je n'ai pas le temps de me retourner pour voir ce que fait Sir que je sens une lame froide contre ma gorge et le canon d'une arme à feu dans mon dos. Mais… ce sont MES armes ! Comment a-t-on fait pour me les prendre sans que je m'en rende compte ? Que…

— Sir ! Par la salamandre ! Qu'est-ce qui te prend ? Arrête !

Je n'ose pas bouger la tête, mais j'aperçois du coin de l'œil la main gris bleuâtre qui tient le couteau. Non… C'est impossible…

— Tout doux, Iref ! cri Della d'un ton provocateur. Tu t'approches d'eux et ta chère petite sœur finit dans une marre de sang.

Je dirige mon regard vers les jumeaux. Ébrisucto a la même face mi-lasse, mi-renfrognée de d'habitude, mais Della affiche un large sourire et des yeux flamboyants, signe qu'elle utilise ses pouvoirs.

— Qu'est-ce que tu lui fais, sorcière ?

— Mais rien de plus qu'à toi, ma chérie ! J'aurais tout aussi bien pu t'hypnotiser toi, mais ce serait moins drôle. J'ai bien étudié vos esprits lorsque vous étiez endormis, toi au dôme et lui durant son opération. Je connais tous vos petits secrets et toutes vos pensées. J'en sais assez sur vous pour vous contrôler à distance. Enfin, pour cela, il faut encore que Bri me tienne la main. Nous sommes des jumeaux de la même race, nous nous complétons et avons besoin l'un de l'autre pour pleinement utiliser nos pouvoirs. Ça peut paraître handicapant, mais c'est au contraire une chimie extraordinaire ! Toi et Iref ne pourrez jamais connaître ça. Vous être des opposés systématiques.

— Pa! Pa, c'est maman! C'est Adria! C'est ta petite amie! Tu ne ferais pas de mal à maman, n'est-ce pas? Papa!

— Qu'il est, énervant celui-là…, grommelle Della.

Ayant l'obligation de garder la tête vers l'avant, je ne peux pas voir ce qui se passe, mais avec les bruits et le mouvement que je perçois chez Sir, il doit avoir donné un bon coup de pied à JA.

— Monstre! Arrête! ordonne Iref d'un air décidé.

— Oh… Tout de suite les gros mots. Je profite du moment, c'est tout.

Son sourire triomphant me donne mal au cœur. La situation est plus que critique. Sir est contrôlé par Della et me menace d'un couteau. Avec la rapidité et la force que lui confère la puce, il me décapitera avant qu'Iref ne puisse faire quoi que ce soit si Della le lui ordonne. Et tout ça, sans compter Ébrisucto et Trethor Fraden qui regarde la scène de son fauteuil en ayant l'air de bien s'amuser.

Tout à coup, le couteau se met à trembler sur ma gorge, m'entaillant la peau et laissant couler quelques gouttes de sang ; le canon du fusil se retire de mon dos. Le visage de Sir apparaît peu après dans mon champ de vision. Il tremble et est couvert de sueur. L'elfe semble tenter de me parler, mais une autre onde est diffusée et ses yeux deviennent vides. Avant que je ne puisse réagir, Sir est agenouillé près de Della, le couteau maintenant appliqué sur son propre cou. Elle a la main sur sa tête et a perdu sa bonne humeur. Je prends un moment à réaliser que je ne suis plus directement menacée. La puce donne une telle rapidité d'exécution à Sir que je ne le suis plus des yeux.

— Mince… grogne Della. J'ai bien failli perdre le contrôle. L'esprit des elfes, c'est vraiment quelque chose. Tu te rappelles ? Même toi n'avais rien pu faire contre mon hypnose.

— Laisse-le ! ordonne de nouveau Iref.

Della reprend sa bonne humeur.

— Oh que non ! Maintenant, si vous ne voulez pas que Sir finisse en rondelle, il va falloir vous battre. Je ne vous demande pas de vous entretuer — bien que ce serait très apprécié —, mais seulement de vous épuiser. De vous blesser. Je veux que vous nous facilitiez la tâche de votre exécution. La sœur de glace contre le frère de feu !

Je sers les poings et les dents. Autrement dit, il me faut choisir entre mon frère et Sir. La chienne ! Elle sait parfaitement qu'en cas de combat avec Iref, c'est moi qui aurais l'avantage. Je contrôle l'air et l'eau, lui le feu. Il m'est facile de priver ses flammes d'oxygène pour l'attaquer ensuite directement avec l'élément aqueux. Au dôme, je gagne toujours mes combats contre lui en quelques minutes.

Je regarde Sir qui maintient toujours la lame contre son propre corps. Je ne sais pas quoi faire. La panique commence à monter en moi. Je ne peux pas me résoudre à attaquer Iref, mais pas non plus à perdre Sir. Et si je ne me décide pas assez vite,

Della pourrait bien se fatiguer et décider d'en finir avec Sir pour nous tuer directement. Par tous les dragons ! Si je ne trouve pas une idée, c'est la fin.

Une brûlure à mon épaule droite interrompt mes réflexions. Je me retourne vivement : mon frère a encore la paume fumante.

— Mais… Iref ! Qu'est-ce qui te prend ? Tu ne vas pas jouer leur jeu, quand même !

— Franchement ? Pourquoi pas ! J'en ai marre d'attendre que l'autre au fond se transforme et nous bouffe. La pression va finir par me tuer. Alors, autant se défouler un peu avant de crever comme des chiens. Attention, prochaine salve !

Il me lance une dizaine de boules de feu que j'esquive en me jetant au sol. Ma main et mon épaule blessée ne m'aident pas : dès que je bouge mon bras droit, c'est douloureux. Je ne pourrai pas fuir longtemps, il me faut prendre position et attaquer.

Je me relève et dès qu'il charge de nouveau, j'invoque un bouclier d'eau pour absorber les flammes, puis je lui renvoie en pleine face ce qui ne s'est pas évaporé. Il a le visage trempé, mais rien de plus; j'hésite encore à me défendre sérieusement.

— Allons, Dragma! Tu peux faire mieux!

Il fabrique une colonne de flamme qu'il dirige vers moi. Je m'enferme dans un énorme cocon de glace et dès que l'incendie est sur moi, je fais exploser ma protection, éteignant du même coup le braisier.

— Allez ma chérie, s'écrie Della. Bats-toi sérieusement ou c'est le petit Sir qui sera perdant.

Fraden et Della semblent bien s'amuser du spectacle. Maintenant qu'elle n'a plus à tenir la main de son frère pour contrôler Sir à distance, elle braque mon browning sur la tête de l'elfe pour nous mettre plus de pression. Iref m'envoie une nouvelle volée de flammes qui me roussit quelques cheveux au passage. Ses attaques sont tout ce qu'il y a de plus sérieux !

— Aller la p'tite soeur ! Fais ce que dit la dame !

J'en ai assez ! Mon frère veut se battre ? Il veut mourir en guerrier ? Très bien ! Il l'aura voulu. Je lui lance quelques gros pics de glace pour l'occuper alors que je me prépare. Joignant les mains, j'invoque la puissance de l'air et je retire celui qui se trouve autour de mon frère. Pour continuer de respirer et d'utiliser ses pouvoirs même sans oxygène, il n'a d'autre choix que d'embraser son corps en entier. Malheureusement pour lui, cette technique est des plus énergivores.

— On devient enfin sérieux, il était temps ! me lance-t-il.

Je tente de le congeler, mais il fait éclater ma glace. Iref la torche humaine se jette sur moi. Mes bras deviennent deux stalagmites que je croise devant moi et qu'il prend dans ses mains pour tenter de les écarter. Alors que nous en sommes au corps à corps, il me murmure :

— Hé Adria ! Il serait temps de renverser la vapeur tu ne crois pas ?

Je reste interdite. Je n'en crois pas mes oreilles ! Depuis tout ce temps, il avait un plan derrière la tête ! Sacré frérot !

— T'aurais pu me le faire comprendre plus rapidement, espèce d'idiot ! dis-je en continuant de simuler un combat. On aurait pu s'entretuer !

— Je voulais m'échauffer. C'est le combat qui arrive qui va être dur.

— Tu as quand même une belle larve de lindorm à la place du cerveau ! Je vais libérer Sir et toi, essaie de neutraliser Fraden sous sa forme humaine, c'est notre seule chance. On y v…

Nous allions passer à l'action quand un hurlement sinistre nous fige sur place. Tout le monde se retourne vers l'ancêtre pour le voir pris de convulsions sur le sol. Soudainement, la peau de son dos se déchire et laisse passer deux grandes ailes lisses et puissantes. Des griffes monstrueuses lui percent les doigts. De larges écailles noires lui couvrent le corps. Son cou s'allonge et revêt une crinière de poil rêche. Sa tête se modifie pour prendre un aspect reptilien et se pare d'énormes cornes courbes. Ses yeux de feux ardents brûlent maintenant avec l'ardeur des enfers et une longue queue couverte de pointes orne son arrière-train. Fraden grandit et atteint presque le double de la taille de son frère. Ou du moins, c'est l'impression que les dimensions de la pièce donnent. Bref, c'est un véritable monstre.

En deux pas, il est près de nous et sourit comme le diable devant une âme perdue. J'ose à peine respirer tant je suis pétrifiée de terreur. Il n'aurait qu'à tendre le cou pour me happer.

— Eh bien, pourquoi vous arrêtez-vous ? C'est l'excitation causée par votre combat qui a provoqué ma transformation. Contin…

Il est interrompu par des voix sourdes s'échappant de l'une des nombreuses poches d'Ébrisucto. Ce dernier saisit l'espèce de talkie-walkie qu'elle contient et le porte à son oreille. Il écoute un instant.

— Ok, bien reçu… Code D-89 Delly.

— Quoi ? On leur avait pourtant ordonné d'attendre.

— Ce sont leurs troupes à eux qui ont déclenché les hostilités. Apparemment, ils ne nous font pas confiance et veulent récupérer ces trois-là. Tu viens ?

— Un instant.

Elle donne mon fusil à Sir, lui applique les deux mains sur les tempes et le fixe droit dans les yeux. Je sens une autre onde magique se dégager d'elle, puis elle va avec son frère dans l'ascenseur qui descend au rez-de-chaussée.

— Bon, reprend Trethor. Maintenant que mes enfants sont partis se dégourdir un peu, continuez où vous en étiez. J'aimais bien.

— T'as compris ce que voulait le « big boss », sœurette ?

Je secoue la tête pour me réveiller et me tourne vers mon frère. Il semble s'être relevé du choc de la transformation de Fraden et est prêt à se battre. J'acquiesce et me remet moi aussi en position.

En un coup, nous nous dégageons. Une main sur la gorge, Iref crache un puissant jet de flamme ; pour ma part, je fais déferler des trombes d'eau. Le contact de nos éléments crée un immense nuage de vapeur qui a tôt fait de remplir la pièce.

Sans faire ni une, ni deux, je m'élance vers Fraden avant qu'il ne comprenne que la vapeur est une diversion et non un effet aléatoire du combat. J'ai à peine fait un pas qu'une balle siffle à mon oreille.

Sir surgit du nuage, mon fusil au poing et le couteau dans l'autre main. Ses yeux sont toujours vides, signe qu'il est contrôlé, mais ses mains tremblent — heureusement, car il résiste —, sinon, j'aurais probablement pris la balle entre les deux yeux.

Je le congèle, mais c'est en oubliant la puce. La glace se fendille rapidement et il s'en dégage facilement. Je n'ose pas lui lancer un sort qui pourrait lui être plus dommageable. Je ne sais pas quoi faire. Je n'ose pas m'éloigner non plus.

— Sir ! Réveille-toi, je t'en prie ! Je ne veux pas te faire de mal. Sir !

Ma glace a au moins eu pour effet de bloquer le canon du pistolet. Il le jette au sol, prend mon épaule dans sa main, lève son couteau pour me frapper et fige. Son visage se couvre de sueur et son regard reprend vie un instant.

— Ordre… Te… Tuer… Fuis…

Puis, ses yeux se perdent encore dans la brume. La lame tremblotante s'abaisse de quelques centimètres. Je suis impuissante. Je ne peux rien faire pour l'aider. L'homme que j'aime lutte pour éviter de me tuer et moi je ne peux rien faire du tout. Je m'approche et passe mes bras autour de lui. J'ai peur, les larmes me montent aux yeux.

— Je ne partirai pas, Sir. Tant que je suis près de toi, tu luttes. Et il faut que tu luttes ! Tu dois lutter et te débarrasser de l'influence de Della. Rester près de toi est tout ce que je peux faire et c'est ce que je ferai.

Je sers l'elfe tremblotant contre moi de toute mes forces, ferme les yeux et attends la sensation d'une lame qui me perce la chair. Je sens son bras descendre vivement, mais ce n'est pas moi qui reçois le coup :

— Aaaah !

Sir s'est transpercé la cuisse. Il passe un bras autour de mes épaules.

— Je ne sais pas qui est l'idiot qui prend des risques insensés, ici. Moi avec ma puce, ou toi avec moi ? Et qui est encore à protéger l'autre ? Je suis pathétique.

Je m'éloigne de lui pour observer sa blessure et il tombe à genoux. Il respire par saccade et est couvert de sueur, mais il sourit faiblement et ses yeux sont redevenus vivants.

— Chez moi, murmure Sir, on m'a toujours dit que la douleur aidait à garder les idées claires en situation critique. Il faut croire que c'était vrai.

— Idiot ! Attends, je vais te soigner.

Je m'accroupis près de lui et lui gèle la cuisse pour atténuer la douleur. Une fois la lame retirée, je nettoie la plaie avec de l'eau et enlève un de mes brassards, la longue bande bleue, pour m'en servir comme bandage. Dès que j'ai terminé mes soins, un puissant rugissement retentit.

Je me retourne. À l'autre bout de la salle, à côté des restes calcinés ou piétinés d'un bureau et quatre chaises, Iref est en plein combat avec Trethor Fraden.

Quelle idiote! Comment ai-je fait pour oublier qu'un dragon se trouvait dans la même pièce que moi en train de se battre avec mon frère? Comment ai-je pu ne pas percevoir avant le boucan infernal de leur combat? La vapeur magique qui vient de se dissiper étouffait-elle les bruits à ce point?

— Va aider Tonton! Je m'occupe de Pa, suggère JA-311 qui vient d'apparaître aux cotés de Sir.

Le petit robot devait être caché dans un coin en attendant que tout se calme. Sir, qui semble encore épuisé, me fait également signe d'y aller.

Il ne faut pas me le dire deux fois ! Je cours porter secours à mon frère. Il bombarde sans cesse de feu le dragon noir, mais les écailles absorbent une grande partie de la chaleur et les brûlures dont il se couvre sont plus que superficielles. Pour éviter de se faire brûler par l'acide que lui lance parfois le monstre, Iref a laissé son corps s'enflammé, l'acide n'ayant pas d'effet sur le feu.

Lorsque j'arrive, aucun des deux ne semble avoir l'avantage, mais quand mon frère remarque que je l'ai rejoint, il laisse une petite ouverture. Fraden en profite et Iref se retrouve au sol, le flanc déchiré par la queue hérissée de pointes du reptile géant. Ce dernier se penche sur lui avec l'intention de l'avaler.

— Oh, non, tu n'auras pas mon frère !

Je crée un long javelot de glace que je lance avec toute la force du vent que je peux déployer. Mon arme se fiche dans la seule surface externe dépourvue d'écaille du dragon, son œil.

— AAAAARRRRRGGGGGGHHHHH!

Il se désintéresse de mon frère et retire vivement l'écharde de son corps. Un sang visqueux et noir s'échappe de la blessure. Jamais plus il ne verrait de cet œil maintenant.

— VERMINE! TU VAS MOURIR! hurle le dragon en ma direction.

Il crache un jet d'acide sur moi. Je me protège avec de la glace. Il s'approche pour faire exploser ma protection d'un coup de patte. Je commence sérieusement à me demander quelle attaque je pourrais bien lui lancer avec mon énergie qui diminue, quand je me rappelle de quelle manière Sohei avait maintenu en respect, même temporairement, l'autre dragon la dernière fois.

Je dois monter sur son dos… De là, je pourrai l'attaquer directement tout en étant relativement à l'abri de ses assauts. Je ne sais pas comment y monter et encore moins ce que je ferai une fois là, mais je crois que c'est ce qu'il y a de mieux à faire.

Le problème c'est qu'il est déjà sur moi, prêt à m'écraser. Je me prépare au choc quand une grosse boule de feu l'atteint à la tête, tout près de son œil valide. Mon frère n'est pas encore hors jeu. Le dragon se retourne vers lui. J'en profite pour me propulser sur son dos avec un bon coup de vent. J'arrive à me positionner dans sa crinière, juste sur l'articulation des ailes. Heureusement, car je me sens presque complètement vidée, je n'ai plus droit qu'à un sort ; reste à le trouver.

Fraden s'agite, il ne sait plus où donner de la tête.

— J'EN AI ASSEZ ! dit-il en donnant un bon coup de patte à mon frère, le projetant sur le mur vitré.

Le dragon s'élève dans les airs et fonce tête première à travers la gigantesque fenêtre. Ça, ce n'était pas prévu.

— On va voir si tu peux survivre sans air respirable, sale bâtarde ! râle-il, énervé de me sentir sur son dos.

En deux coups d'ailes, il se retrouve au milieu des nuages de pollution. Le temps de le dire, je suffoque et cherche mon air. Je prends mon masque dans ma poche, mais dans un brusque mouvement de mon adversaire, il m'échappe des mains. Je pourrais invoquer de l'air, mais je n'ai plus beaucoup de force et dois trouver un moyen de le neutraliser d'abord. Tentons le tout pour le tout.

Je rassemble ce qui me reste d'énergie et me concentre sur son aile pour la geler. Pas en entier, juste l'articulation. Les effets sont immédiats.

— Mais… QU'EST-CE QUE TU FAIS, ESPÈCE DE FOLLE ! SI JE TOMBE, TU TOMBES AVEC MOI !

— Je sais.

Le dragon a de plus en plus de mal à contrôler son aile, nous perdons de l'attitude. Complètement vidée, j'arrête mon sort et m'accroche comme je peux à sa crinière. Il tente de contrôler sa chute pour qu'elle termine dans son bureau, mais il va plutôt défoncer la façade de l'immeuble, deux étages plus bas.

Ma jambe se retrouve coincée entre une poutre de métal et le dos du dragon, et dans un craquement sonore, elle se casse. La douleur est insupportable.

— Sa… Saleté de… métis…

Le dragon semble exténué, probablement parce qu'il a été lui aussi blessé dans la chute. Je l'entends pousser un râle monstrueux, puis plus rien. Son corps glisse lentement vers le vide. La douleur et la fatigue m'embrouillent les idées. Je me traîne comme je peux sur le dos écailleux du monstre et attrape la poutre contre laquelle je viens de me faire écraser. Ma jambe me fait souffrir le martyr.

Le dragon glisse de plus en plus et finit par tomber. Je suis maintenant suspendue dans le vide. Mais je ne tiens plus, et je tomberai à mon tour; ma main couverte de glace ne m'offre pas une bonne prise et le peu de force qui me reste m'abandonne. Je suis tellement fatiguée…

Mes bras lâchent la poutre. C'est fini, c'est terminé…

— ADRIA !

Une main saisit la mienne alors que je tombe dans le vide. Le brusque choc de l'arrêt de ma chute se fait ressentir dans tout mon corps, surtout dans ma jambe. La douleur me fait perdre connaissance.

※ ※ ※ ※ ※

— Elle ne se réveille toujours pas. Tu es sûr que ça marche ? demande Sir.

— Oui. Écoute, je n'ai peut-être pas la même chimie que les jumeaux avec ma sœur, mais je suis capable de lui transférer de l'énergie quand même, OK ?

— Ses signes vitaux sont bon papa, rajoute JA. Je t'assure qu'elle va bien !

Je me réveille brusquement, ma respiration est saccadée. J'ai l'impression d'être réellement tombée d'une centaine d'étage.

— Adria !

Je suis assise sur le sol, appuyée contre Sir qui me serre dans ses bras.

— Tu as bien failli faire le grand saut ! s'exclame-t-il, visiblement soulagé. Je t'ai attrapé la main au moment où tu allais tomber dans le vide avec lui. Della m'avait donné l'ordre de te tuer si jamais vous tentiez quelque chose. J'ai eu si peur que ce soit la dernière chose que…

La voix de Sir se brise, mais sa proximité me calme, ma respiration reprend un rythme normal. Mes idées s'éclaircissent et je prends conscience de ce qui m'entoure. Je suis de retour dans le bureau de Trehtor Fraden, près de mon frère qui est appuyé au mur et saigne abondamment. Sa main est dans la mienne. Une agréable chaleur la traverse pour ensuite me parcourir le reste du corps. Il est en train de me transmettre de l'énergie. Je le lâche : maintenant que je suis réveillée, inutile qu'il s'épuise. Je remarque qu'on m'a fait une attelle avec mon deuxième brassard et JA est sur l'épaule de Sir.

— Tu l'as sacrément bien amoché, bravo Maman ! Quand j'ai vu que tu allais tomber avec le dragon, j'ai repéré l'escalier de secours au travers des murs avec mon option rayons X, réglé la puce de Pa pour qu'elle bloque les arrivées nerveuses de la douleur afin qu'il puisse marcher et nous sommes venus te chercher ! Mais on n'aurait jamais été là à temps si Pa n'avait pas été modifié… Maman n'est plus fâchée pour la puce ? JA est un bon garçon ?

Les yeux du robot luisent. Comment pourrais-je rester fâchée contre lui ?

— Tu es le meilleur garçon du monde JA !

Sir me relâche, ce qui me permet de prendre le robot dans mes bras. Son nez clignote et il m'enserre avec ses membres minuscules.

— T'es vraiment increvable, la sœur ! me lance Iref en m'ébouriffant les cheveux.

— Pas plus que toi, le frère ! J'aimerais tellement pouvoir te soigner…

— On ne peut pas gagner sur tous les tableaux, répond-t-il en souriant. Ce n'est pas ça qui va me tuer. Occupe-toi plutôt de toi.

Il désigne ma jambe blessée. Je dépose JA sur le sol, mets ma main sur ma jambe et la recouvre d'un plâtre de glace. D'ici deux semaines je devrais être guérie. Je me tourne vers Sir : le sang a traversé son bandage improvisé. Il n'en ressent peut-être plus la douleur, mais sa plaie est toujours là.

— Tu vas bien? Et le dragon? Il est mort?

Sir me répond rapidement :

— Oui, maintenant, ça va. Pour le dragon, je vais vérifier.

En quelques secondes, Sir est de l'autre côté de la pièce en train de regarder par le trou formé par la fuite du dragon. Sa vitesse m'étonne à tous les coups. Presque aussitôt, il est de retour près de nous et panique.

— Le dragon! Il escalade la tour! Il va être là dans deux minutes!

— Vite! On prend l'escalier!

— Attend! Il s'arrête à l'étage où on t'a repêchée! À l'ascenseur!

Sir me prend dans ses bras et Iref se lève comme il peut. Mais une fois devant l'ascenseur, les voyants lumineux nous indiquent qu'il remonte déjà.

— Bon sang ! s'exaspère Iref. Ma main à coupé que ce sont les jumeaux ! On est cuit ! Il n'y a que Sir qui peut, peut-être, encore se battre, mais il est sujet à l'hypnose de Della.

— Il y a une pièce où l'on peut se cacher ! nous informe JA. Mes scanneurs indi-quent que son mécanisme d'ouverture est camouflé dans les bibliothèques.

Nous nous précipitons vers celles-ci et arrachons chaque livre de sa tablette. C'est Sir qui trouve le levier et l'actionne. Au même moment où la bibliothèque pivote pour nous libérer le passage, le dragon noir passe la tête par-dessus le rebord du plancher et s'écroule. Il reprend sa forme humaine sous nos yeux terrifiés.

— C'est le moment ou jamais de l'achever, grogne Iref.

— Oublie-ça! Les jumeaux arrivent! Grouille frérot!

Toujours dans les bras de Sir, je franchis la porte secrète. JA repère le mécanisme de fermeture et va l'enclencher. Je jette un coup d'œil à la pièce où nous sommes et reste bouche bée. Nous sommes probablement dans le laboratoire privé de Trethor Fraden. Au centre de la salle se trouve ce que j'estime être la machine temporelle que les jumeaux lui on construit.

— Hé! Ils viennent par ici! nous crie JA.

— Derrière le panneau de contrôle, vite!

Une fois cachés, nous entendons la porte s'ouvrir et les pas de deux personnes en traînant une autre.

— Tu es sûre que tout est prêt?

— Oui, de toute façon, on n'a pas le choix! Entre!

Je ne peux m'empêcher de jeter un coup d'œil. Ébrisucto traîne Trethor Fraden dans la machine alors que Della fait les derniers réglages. Ils ont tous les deux quelques blessures plus ou moins grave et leurs vêtements sont déchirés. Ils sortent visiblement d'un combat difficile. Alors que Della se prépare elle aussi à rentrer dans l'habitacle, elle m'aperçoit.

— TOI!

Son frère met une main sur son épaule pour l'empêcher de me sauter dessus et la tire dans l'appareil.

— Ce sera pour la prochaine fois! On n'a plus le temps, ils arrivent!

Della me lance un dernier regard noir et ferme la porte. Presque aussitôt, des lumières bleues masquent le hublot et ils disparaissent.

Quelques instants plus tard, Jeff, Chame et d'autres membres de la Résistance débarquent dans le laboratoire. C'est fini, nous avons gagné.

❄ ❄ ❄ ❄ ❄

— Ça va Adria, c'est mon tour maintenant!

Épuisée, je me détache du capteur de charge magique, où je viens de transférer un peu plus du trois quarts de mon énergie, pour me faire remplacer par mon frère. La machine temporelle de Trethor Fraden vient d'être déménagée aux locaux de la Résistance environ un mois après la disparition de son propriétaire et c'est le premier jour de chargement. À deux, il va nous falloir des semaines pour accumuler l'énergie nécessaire à un voyage. Et c'est sans compter les médaillons à charger eux aussi si nous voulons retourner en l'an 5000 un jour.

Il nous a fallu raconter toute la vérité à propos de ce que nous sommes à Jeff, Chame, Abok, Mike, Dave et quelques autres. Ils nous ont juré le secret et promis de nous aider à traquer les jumeaux et Fraden. De savoir que les dragons existaient leur avait fait un choc — ils étaient convaincus que le monstre qui leur était tombé dessus durant la bataille était un reglop monstrueux —, mais ils avaient relativement bien encaissé.

— Hé Dragma! Tu comptes faire quoi de JA? Je veux dire… Je sais que le choix revient surtout à Sir, mais toi, tu ferais quoi?

— Je ne sais pas trop honnêtement… Personnellement, je ne me vois pas le laisser ici, mais d'un autre côté, comment allons nous faire pour justifier un robot à la Renaissance?

La Renaissance. C'était l'époque à laquelle s'étaient téléportés les jumeaux d'après l'analyse des données temporelles par JA, Abok et Iref (le frérot s'y connaît mieux que moi). J'ignore quel genre de ravage les dragonneaux sont en train d'y causer, mais il nous faut à tout prix les en empêcher.

— Ça va être quelque chose de te voir en robe, sœurette! Je suis sûr que Sir va apprécier, en tout cas!

— Tais-toi et charge!

— En parlant de qui on emmène avec nous… Tu… Tu crois que Chame va bien vouloir nous accompagner? Après tout, avec Sir… Tu as bien…

Je me tourne vivement vers mon frère.

— Oublie ça ! Primo, tu sais qu'elle me tape sur les nerfs. Secundo, elle aura beau devenir ma belle-sœur ou n'importe quel autre membre de ma famille, ça ne changerait pas. Et tertio, elle a un fiancé maintenant, t'étais pas au courant ?

Mon frère me regarde, abasourdi.

— Ça alors ! Je l'ignorais ! Depuis la bataille, les seules discussions que j'ai eues avec elle étaient de groupe et ce n'est jamais venu sur le tapis… C'est avec qui ?

— Le mec musclé avec les cheveux noirs et les yeux bleus qui traîne toujours avec elle. Il s'appelle Terwa, je crois. Drôle de nom, tu ne trouves pas ? C'est justement ce jour-là qu'ils se sont fiancés, juste après le combat. Il était en mission dans une autre partie de la ville depuis des lustres, mais avait toujours eu un faible pour elle. Il s'est décidé à lui demander sa main après la victoire.

— Terwa tu dis ? À plusieurs reprises, ce mois-ci, on m'a dit que ce type voulait nous parler. Je me demande pourquoi.

— Tiens, quand on parle du loup.

Chame venait d'entrer dans la nouvelle salle temporelle en traînant son fiancé par la main.

— Salut ! Désolée de vous déranger, mais Terwa voulait absolument vous parler. Il y a belle lurette que l'on ne s'est pas vu ! Vous allez bien ?

— Oui, oui… Bonjour Terwa !

Je lui tends la main et il la sert. Je ne sais pas pourquoi, mais je me sens tout de suite à l'aise avec lui, contrairement qu'avec sa douce moitié.

— Bonjour Adria !

Il se tourne ensuite vers Iref pour également lui serrer la pince. Chame en profite pour me prendre par le bras et me traîner un peu plus loin dans la salle. Le chargement m'a fatiguée et je n'ai pas trop la tête à l'écouter, mais je prends sur moi et résiste à l'envie de partir à l'aide d'un mauvais prétexte. Je lui dois la vie après tout et je peux bien la supporter quelques instants encore.

Une fois suffisamment éloignées des garçons pour qu'ils ne nous entendent pas, Chame se penche à mon oreille :

— Je suis enceinte ! me dit-elle.

— Tu… Ah ! Euh… mes félicitations…

— Je ne l'ai pas encore dis à Terwa… Je ne sais pas pourquoi, mais il m'a dit qu'il voulait **absolument** vous parler avant de m'annoncer quelque chose d'important. Alors je me suis dit que j'allais lui dire à ce moment-là.

— Ce… ce n'est pas une mauvaise idée.

Je suis surprise et flattée qu'elle m'ait choisi pour être la première à l'apprendre. Mais je plains ce pauvre bébé. Ma main au feu que si c'est un garçon, il va se faire pousser vers la cybernétique, et une fille, vers la chirurgie plastique. Pauvre gosse…

Iref et Terwa viennent vers nous. Mon frère semble tout retourné. Je le connais bien, et il a son air de quelqu'un qui vient de se faire surprendre.

— Dridri… Tu ne le croiras jamais ! Terwa est un descendant des dragons !

C'est l'un de nos ancêtres direct ! Il est de la lignée des dragons d'eau, comme maman et toi ! Il dit que grâce à nous, il n'a maintenant plus peur de dévoiler ses pouvoirs. Il va pouvoir nous aider avec le chargement. Ce n'est pas croyable, hein ?

— Ça… ça veut dire que mon bébé va avoir des pouvoirs, lui aussi ? s'exclame Chame, ravie, une main sur le ventre.

— Tu… tu es enceinte ma chérie ?

Chame acquiesce doucement, les joues rouges. Terwa se précipite sur elle et la prend dans ses bras en l'embrassant. Ils tombent dans leur monde et ne se soucient plus de nous.

Sir fait son entrée.

— Salut, alors il avance ce chargem… Adria, tu vas bien ? Tu es toute pâle.

— Disons qu'elle vient de subir un choc, répond Iref.

Je sens mes forces me quitter, je suis sur le point de tourner de l'œil. Je dois m'appuyer sur une table de contrôle pour rester debout. Par tous les dragons ! Non… C'est impossible… C'est une blague de très mauvais goût. Dites-moi que ce n'est pas vrai. Ça voudrait dire que… que Chame est… Je me retourne vers Iref.

— Iref… Dis-moi que j'ai mal compris… La fille de plastique… Je veux dire Chame… n'est tout de même pas… quelque chose comme notre arrière-arrière-arrière-arrière-arrière-arrière-arrière-arrière-arrière-grand-mère…

— J'en ai bien peur Dragma. Mais plutôt bien conservée la petite vieille, non ? rajoute-t-il en étalant son petit sourire moqueur. En tout cas, moi je ne lui ferais pas de mal. Tu penses qu'elle voudra bien me raconter une histoire alors que je mangerai des biscuits sur ses genoux ?

JA-311 choisit ce moment pour entrer dans la pièce. Il est à pleine vitesse. Énervé, il lance haut et fort, en bégayant légèrement :

— Ma, Pa, Tonton, je sais, j'ai trouv…

Il n'a pas terminé sa phrase que Sir intervient d'un ton ferme.

— Ce n'est pas le moment JA, reviens plus tard.

Le petit robot, offusqué de n'avoir pas toute l'attention voulue, s'en va bouder dans l'autre pièce. Mais dans son erre d'aller, dans un langage familier pour s'assurer que même son père puise bien le comprendre, il souffle :

— Moi je voulais juste vous dire que c'est à cette période — la Renaissance — qu'on retrouve les SUCEURS DE SANG...

— QUOI !

Non ! JA n'est pas le bienvenu, JA ne parlera pas. Vous devrez trouver quelqu'un d'autre pour vous renseigner sur les vampires !

À suivre...

L'équipe

La lignée des dragons

Tome 1

Tome 2